Über dieses Buch

Das Märchen spiegelt die Liebe in all ihren spannenden Facetten. Wie die übrige Dichtung schildert es die Konflikte, die durch die Liebe entstehen, ihre Gefährdung und Bedrohung und die Schwierigkeiten auf dem Weg zu ihrer Erfüllung.

Für diesen Band wurden Märchen aus dem Kulturraum europäischer, afrikanischer und orientalischer Völker ausgewählt, ernste und anrührende Beispiele ebenso wie heitere und vergnüglich-frech-erotische.

Über die Herausgeberin

»Warum ich Märchen erzähle? Sie beflügeln die Phantasie:
Es ist viel mehr möglich, als wir glauben!«

Hannelore Marzi, in Stettin geboren und in Lübeck aufgewachsen, lebt in Frankfurt am Main und ist eine der profiliertesten Märchenerzählerinnen Deutschlands. Sie wurde durch das Studium der Orientalistik zur Übersetzerin und Herausgeberin (nicht nur) orientalischer Märchen und Geschichten. Sie hat als Herausgeberin mehrere Märchensammlungen veröffentlicht.

Dazu mehr Informationen unter *www.koenigsfurt.com*.

Hannelore Marzi, eine engagierte Märchenerzählerin, verlässt sich beim Erzählen ganz auf die Kraft und Poesie der Sprache und den Zauber der überlieferten Geschichten. Oft stellt sie einem Märchen ein Zitat aus einem zeitgenössischen Roman oder einem Gedicht voran, um zu zeigen, dass die Themen der alten Märchen nichts von ihrer Gültigkeit verloren haben.

Weitere Informationen *www.hanneloremarzi.de*

Märchen von Liebe, Lust und Leid

Herausgegeben von
Hannelore Marzi

KÖNIGSFURT-URANIA

Die Erstausgabe erschien unter dem Titel »Märchen von der Liebe«
im *Fischer Taschenbuch.*

Bibliographische Information Der Deutschen Bibliothek

*Die Deutsche Bibliothek verzeichnet diese Publikation in
der Deutschen Nationalbibliographie; detaillierte bibliographische
Daten sind im Internet über http://dnb.ddb.de abrufbar.*

Sonderausgabe
Krummwisch bei Kiel 2010
© 2010 by Königsfurt-Urania Verlag GmbH
D-24796 Krummwisch
www.koenigsfurt-urania.com

Umschlaggestaltung: Stefan Hose, Götheby Holm, unter
Verwendung des Motivs
„Dornröschen" von Heinrich Lefler und Josef Urban
Satz: Noch & Noch, Menden
Druck und Bindung: CPI Moravia
Printed in EU

ISBN 978-3-86826-016-8

Inhalt

Der goldene Hirsch

Ein König hatte seine größte Freude an großen stolzen Soldaten und schönen weißen Schilderhäuschen und konnte es ums Leben nicht ausstehen, wenn Namen oder Sprüche oder Reimchen auf die Schilderhäuschen geschrieben waren; das hatte er bei Todesstrafe verboten.

In seiner Leibgarde hatte er einen Soldaten, der war der größte Mann im Lande, so dass für ihn ein eigenes Schilderhäuschen gebaut werden musste. Als der eines Tages auf Wache vor dem Schlosse stand, wurde ihm die Zeit lang, und er schrieb auf das Schilderhäuschen: »Gold macht alles aus.« Der König lag zufällig im Fenster und sah das, kam sogleich herunter in den Schlosshof und an das Schilderhäuschen. Da stellte er den Soldaten scharf zur Rede, las ihm den Text und sprach: »Diesmal lass ich es dir noch einmal hingehen, aber das nächste Mal nicht mehr.« Und damit der Soldat nicht wieder in Versuchung käme, an das Schilderhäuschen zu schreiben, musste er von jetzt an im Schloss vor der Tür der Prinzessin auf Wache stehen.

Ein Soldat hat auch ein Herz, und er stand nicht manchen Tag da, als er sich sterblich in die Prinzessin verliebte. Sie war aber auch so schön, wie man nur ein Mädchen sehen konnte und dazu gar freundlich und gut, nicht hochfahrend oder stolz. »Ach«, dachte da der Soldat, »wenn ich jetzt Gold hätte, dann wäre alles gut, dann käme ich mit vielen Wagen und Bedienten und großem Hofstaat und bäte den König um ihre Hand, statt dass ich nun wie ein armer Sünder dastehe und sie kaum anblicken darf, die schöne Prinzessin.« Und er zog seinen Bleistift aus dem Sack und schrieb sein Sprüchlein mitten auf die Tür: »Gold macht alles aus.«

Am folgenden Morgen, als der König zu seiner Tochter gehen wollte, stand der Spruch da. Sogleich wurde der Soldat vor ihn in sein Zimmer geführt, und der König frug ihn, warum er sich unterstanden habe, solches an die Tür der Prinzessin zu schreiben. Der Soldat dachte:»Sterben muss ich doch, da mag der König auch alles wissen«, und er gestand ihm, dass er die Prinzessin liebe und ohne sie nicht leben könne, darum sei ihm der Tod am Ende ein willkommener Gast. »Wenn du meinst, dass Gold alles ausmache«, sprach der König,»dann sollst du dessen haben, soviel dein Herz begehrt; hast du aber binnen Jahresfrist die Liebe der Prinzessin nicht gewonnen, dann lasse ich dir den Kopf abschlagen.« Da fiel der Soldat dem König zu Füßen und dankte ihm hunderttausend Mal.

Der König hielt sein Wort, er ließ den Soldaten aber in einen Turm sperren und stellte zehn Mann Schildwache davor. Nun bekam der Soldat jeden Tag Tonnen voll Gold, aber was ihm fehlte, war die Freiheit. Da fiel ihm wohl das Herz in die Schuhe, meinst du, aber ein rechter Mann verliert nicht den Mut, dem sitzt das Herz fester, als dass es so leicht zu Falle käme.

Der Soldat sann vor allem nach, wie er seine Freiheit wiedergewinnen könnte. Er mochte die Schildwachen nicht bestechen, denn wie leicht hätte das herauskommen können, und die armen Kerle wären unglücklich gewesen; das litt sein gutes Herz nicht. Sein Weg musste viel sicherer und kürzer sein, und er fand ihn bald. Er hatte nämlich einen Zwillingsbruder, der ihm ganz ähnlich sah; den ließ er kommen, vertraute ihm die ganze Sache und versprach ihm fest und heilig, wenn sein Plan und Vorhaben nicht gelinge, vor Jahresfrist wieder im Kerker zu sein. Da wechselten sie die Kleider, der Soldat ging frei aus dem Turme, und damit war schon viel gewonnen. Als er aber nach der Königstochter frug, hieß es, sie sei auf Reisen, niemand wisse, wohin, und sie komme vor Monatsfrist nicht zurück. Er beschloss, ihr nachzureisen; wenn er sie auch nicht finde, so sei es doch anderswo besser und sicherer für ihn als in der Hauptstadt, und er könne unterdessen auf Mittel denken, ihre Liebe zu gewinnen.

Also zog er aus der Hauptstadt weg und kam in eine andere große Stadt, wo er in einem vornehmen Wirtshaus einkehrte. Da dachte er Tag und Nacht nach, was er machen solle, aber was er auch herausbrachte, nichts schien ihm so recht sicher, und er dachte so viel, dass er von lauter Denken ganz mager wurde, denn er war gar nicht daran gewohnt und verstand viel besser zu kommandieren: Gewehr an! Schultert's Gewehr! und wie das alles heißt.

Der Wirt war ein gar freundlicher und guter, dabei auch ein grundgescheiter Mann, und er sah mit Schmerzen, wie sein Gast immer kränker und bleicher wurde. Oft versuchte er es, den Soldaten zum Bekenntnis zu bringen, was ihn drücke, aber der war nicht so leicht zum Sprechen zu bewegen. Endlich aber platzte er dennoch los und vertraute dem Wirt seine ganze Geschichte. »Wenn's nichts weiter ist«, sprach der Wirt, »dann ist dir leicht zu helfen; schaffe mir nur zwei Tönnlein Gold; ich verlange für mich keinen Deut davon, denn ich bin reich genug, ich muss sie aber haben, um die nötigsten Auslagen für dich bestreiten zu können.« Da war dem Soldaten leicht ums Herz; er schrieb seinem Bruder ins Gefängnis, dass er ihm sogleich die zwei Tönnlein Gold in das Wirtshaus sende, und es währte keine acht Tage, da kamen sie schon an.

Nun ließ der Wirt zwei sehr geschickte Goldschmiede kommen, die mussten einen großen, großen Hirsch von Gold machen, der bekam Augen von dunklem Glas, fein zum Horchen aufgerichtete Ohren und war innen hohl; auf dem Rücken war aber zwischen den dichten goldnen Haaren eine Türe so fein angebracht, dass man sie unmöglich sehen konnte. Dann musste auch ein Glockenmeister herbei; der machte aus lauter kleinen und großen silbernen Glöckchen ein Glockenspiel, welches so wunderbar schöne Lieder spielte, dass es das größte Meisterstück war, welches man noch gehört hatte. Das wurde in dem Kopf des goldnen Hirsches angebracht und war ein Schnürchen daran, welches in das Innere lief; zog man einmal daran, so fing das Werk an zu spielen, zog man aber zweimal dran, so hörte es auf.

Als der Hirsch fertig war, lief die ganze Stadt herbei, ihn zu sehen. Der Wirt steckte den Soldaten aber in den Hirsch hinein und schloss das Türchen. Wenn nun der Wirt sagte: »Goldhirsch, spiel dein Stücklein«, so zog der Soldat einmal am Schnürchen, sagte der Wirt aber: »Goldhirsch, es ist genug«, dann zog er zweimal daran. So spielte der Hirsch, so oft der Wirt es befahl, und keiner konnte begreifen, wie das zuging.

Wer war jetzt glücklicher als der Soldat? Schnell ließ er seinen Vater kommen, gab ihm die nötigen Weisungen, und nachdem er dem guten Wirte noch von Herzen gedankt hatte, zogen sie ab geraden Weges zur Hauptstadt, wo die Prinzessin unterdessen wieder angekommen war. Dort war der Ruf von dem wunderbaren Goldhirsch schon weit verbreitet, und jeder wollte das große Kunstwerk sehen. Des Soldaten Vater aber – denn der Soldat selbst war in dem Hirsch versteckt – sprach, es dürfe keiner den Goldhirsch sehen, bevor der König ihn gesehen habe, und er fuhr mit dem prächtigen Tier in den Schlosshof hinein. Dort nahm er die Decken ab, welche es verhüllten, und da leuchtete der Hirsch so herrlich in der Sonne, dass man den Glanz kaum aushalten konnte. Der König kam mit seiner Tochter herbei und beide hatten nicht Worte genug, ihre Verwunderung auszusprechen über das stolze Tier und wie alles daran so fein gearbeitet war. Als der Vater des Soldaten aber erst rief: »Goldhirsch, spiel dein Stücklein« und die schönen Lieder erklangen, da konnte sich die Königstochter vor Entzücken nicht länger halten und rief: »Vater, ich will den Hirsch haben, koste es was es wolle!« Der König hatte seine Tochter allzu lieb, als dass er ihr etwas hätte abschlagen können, darum frug er den Vater des Soldaten, was der Hirsch koste und ließ die Summe gleich bezahlen und noch mehr dazu, denn auch er hatte große Freude an dem prächtigen Goldhirsch. Der wurde jetzt ins Schloss getragen, und zwar in das Schlafzimmer der Königstochter. Dort musste der Hirsch den ganzen Abend spielen bis spät in die Nacht hinein, und die Königstochter wurde gar nicht müde zuzuhören.

Als alles im Schlosse zur Ruhe war und die Königstochter auch, da öffnete der Soldat das Türchen, stieg aus dem Hirsch und trat vor das Lager der schönen Königstochter. Der Mond schien hell in das Zimmer herein, und da lag sie so schön und holdselig da; leise beugte er sich über sie und gab ihr einen Kuss. Sie schrak vom Schlafe auf und schaute empor; als sie den schönen fremden Mann an ihrem Lager sah, stieß sie einen lauten Angstschrei aus und hüllte den Kopf in die Decke. Rasch sprang der Soldat in den Hirsch und schloss leise das Türchen hinter sich zu. Kaum war er wieder in seinem Versteck, als die Kammerfrauen und endlich selbst der König hereinstürzten und frugen, was der Prinzessin fehle. Da erzählte sie zitternd und bebend alles. Man durchsuchte das Zimmer in allen Ecken, durchsuchte die Gänge und das ganze Schloss, aber niemand war zu finden, und das ist leicht begreiflich. Sprach der König zu der Prinzessin, sie habe gewiss geträumt und solle sich nur beruhigen; es könne niemand in ihr Zimmer hinein. Das tat sie auch und schlief bald wieder fest wie vorher.

Als der Soldat dies merkte, öffnete er wiederum das Türchen, trat zu ihrem Lager und küsste sie von neuem auf ihre schöne weiße Stirn. Erschrocken fuhr sie auf, und da stand der stolze schöne Mann wieder vor ihr und hatte die Hände flehend zu ihr gefaltet; sie schrie noch lauter als das erste Mal und verbarg sich wieder unter der Decke. Ehe man eine Hand umdreht, war der Soldat verschwunden. Das ganze Schloss lief zusammen, der König kam hinzu, man fragte, man suchte, aber da war keine Spur von einem fremden Manne zu finden. Nun wurde der König böse, denn er war nicht gern im Schlafe gestört; er verwies der Prinzessin mit harten Worten ihr grundloses Geschrei und drohte, ihr den Hirsch wegzunehmen, wenn sie noch einmal schreie. Da musste sie sich wohl zufriedengeben.

Sie beschloss nun, nicht mehr einzuschlafen, denn sie wollte wissen, woher der schöne Mann komme, und stellte sich nur, als ob sie schliefe. Es dauerte nicht lange, so hörte sie ein leises Knarren an dem Goldhirsch, und gleich darauf stand der Soldat vor ihr und küsste sie auf die Stirn. Sie schaute ihn groß an, aber da stürzte er zu ihren Füßen und sprach ihr so viel von seiner Liebe und wie er sein Leben für sie gewagt habe, dass die Prinzessin ihm hold wurde und versprach, ihn nicht zu verraten.

Seitdem lebte er herrlich und in Freuden in dem Zimmer der Königstochter; nur wenn manchmal der alte König kam, um den Goldhirsch spielen zu hören, musste er wieder in sein Versteck hinein. So ging es fort bis zum Ende des Jahres, welches der König ihm festgesetzt hatte, um die Liebe der Prinzessin zu erwerben. Da sprach er, jetzt müsse er in sein Gefängnis zurück, und nahm von der Königstochter Abschied. Als diese ihn um seinen Namen frug, sagte er: »Ich heiße Gold-macht-alles-aus.«

»Das ist ein sonderbarer Name«, sprach die Königstochter, »aber wenn du ihn einmal hast, ist es nicht zu ändern.«

Also ging er in den Turm und erlöste seinen Bruder. Kaum war er acht Tage dahin zurückgekehrt, als die Königstochter eines schönen Knäbleins genas; dies hielt sie aber gar heimlich, so dass kein Mensch im Schloss davon wusste außer ihrer Kammerfrau. Es wurde auch heimlich getauft und bekam den Namen Goldhirsch.

Am Tage, nachdem das Jahr abgelaufen war, ließ der König den Soldaten kommen und sprach: »Ich habe dir nun ein ganzes Jahr lang Gold gegeben, so viel du gewollt hast; weißt du, dass du jetzt sterben musst, weil du die Liebe der Prinzessin nicht gewonnen hast?«

»Ach, das weiß ich wohl, aber ich möchte sie doch vorher noch einmal sehen«, sprach der Soldat. »Schenket mir die Gnade, Herr König, und führet mich zu ihr.«

»Das will ich dir gewähren«, sprach der König.

Als sie die Türe des Zimmers der Prinzessin öffneten, stand sie da und trug ihr wunderschönes Kind auf dem Arm. Frug der König erstaunt: »Wem gehört das Kind?« Antwortete sie: »Es ist mein Kind und dem Gold-macht-alles-aus seins«, und damit fielen beide dem König zu Füßen und baten ihn um Verzeihung, und das Kind erhob seine Händchen, als bäte es auch um Gnade.

Da stand der König starr und stumm, aber er musste wohl gute Miene zum bösen Spiel machen, denn er konnte doch sein Wort nicht brechen. So bekam der Soldat die Hand der Königstochter und nach dem Tode ihres Vaters auch das Königreich.

Märchen aus Deutschland

La Zentrarola
(Aschenbrödel)

ein angesehener Herr hatte drei Töchter. Eines Tages rief er seine Töchter zu sich und sprach: »Ich bin alt und werde bald sterben. Vorher möchte ich euch noch einmal eine Freude machen. Jede von euch soll sich ein Geschenk erbitten und soll es erhalten.« Da sagte die erste: »Ich möchte ein Paar schöner goldener Ohrgehänge, lieber Vater«, und die zweite: »Ich möchte ein schönes neues Kleid.« Die dritte aber, welche die jüngste und schönste war, sprach: »Lieber Vater, ich erbitte mir Euer Schwert.« Das Schwert war aber ein Zauberschwert. Wer es besaß, brauchte ihm nur zu befehlen, dass dieses oder jenes geschähe oder da sei, und im Augenblick war der Wunsch erfüllt.

Der Vater kaufte der ersten Tochter die Ohrgehänge und der zweiten das neue Kleid. Der jüngsten gab er sein Schwert, weil er sie am liebsten hatte, und dachte: »Ich brauche es ja doch nicht mehr, denn gegen den Tod hilft es mir nicht.«

Der gute Vater starb aber nicht so bald und lebte noch lange. Eines Tages sagte die Jüngste: »Bitte lasst mich gehen, lieber Vater! Ich will hinaus in die Welt und mein Glück suchen.« Da lachte der Vater und rief: »Was dir doch einfällt! Du bist doch ein Mädchen und kein Mann! Fürchtest du dich denn nicht vor all den Gefahren, die dich bedrohen werden?«

»Ich habe keine Angst«, antwortete das Mädchen, »weil ich ja mein Schwert habe, das mich schützen wird. Ich möchte lernen und erfahren, wie es in der Welt aussieht, und mir einen Bräutigam suchen, der mir gefällt, denn ich mag nicht jeden.« Da gab der Vater ihr die Erlaubnis, und sie nahm Abschied und ging fort. Das Schwert aber hielt sie sorgsam unter ihren Kleidern verborgen.

Bald kam sie in eine große Stadt und trat in einem Haus als Magd in den Dienst. Oft, wenn sie morgens die Zimmer kehrte und aufräumte, sah sie am Fenster des gegenüberliegenden Palastes einen schönen jungen Herrn. Er war ein Graf und der einzige Sohn reicher und vornehmer Eltern, aber er war oft schwermütig und traurig und meinte, dass ihm etwas fehle, und wusste doch nicht, was es sei. »Nimm dir eine Frau!« sagten die Eltern manchmal zu ihm. »Ach«, erwiderte er jedesmal, »mir gefällt keine von allen, die ich kenne«, und so wussten auch die Eltern ihm nicht zu raten und nicht zu helfen.

Je öfter das Mädchen den jungen Grafen sah, umso besser gefiel er ihr, bis sie so verliebt in ihn war, dass sie sich sehnlichst wünschte, ihn zum Gemahl zu haben. Sie verließ ihren Dienst, begab sich in den gräflichen Palast und erhielt dort die Stelle einer Küchenmagd. Da musste sie nun den ganzen Tag am Herd stehen, und weil sie immer voller Asche war, wurde sie *la zentrarola*, das Aschenbrödel, genannt.

Eines Tages sagte der junge Graf zu seiner Mutter: »Heute Abend ist da und da ein schöner Ball. Ich will hingehen, damit mein Missmut ein wenig verscheucht werde. Vielleicht finde ich auch ein Mädchen, das mir gefällt.« Die Mutter war froh und antwortete: »Fahr nur hin und unterhalte dich gut, auf dass du heiterer nach Hause kommst!« Als es Abend wurde, ließ der junge Graf die Pferde einspannen und fuhr auf das Fest.

Aschenbrödel hatte die Reden mit angehört. Sie freute sich und dachte: »Heute will ich mit ihm sprechen.« Sobald der junge Graf fort und sie in ihrem Kämmerchen allein war, wusch und kämmte sie sich, holte ihr Schwert hervor und sprach: »Liebes Schwert, ich befehle dir: Gib mir ein schönes himmelblaues Kleid und Wagen und Pferde!« Da bekam sie ein Kleid, dessen Farbe anzusehen war wie der lichte blaue Himmel am schönsten Sommertag, und legte es an. Draußen standen Wagen und Pferde und Diener für sie bereit, sie stieg ein und fuhr auf das Fest. Als sie eintrat, richteten sich aller Augen auf sie, denn eine so schöne Jungfrau hatte man noch niemals gesehen. Der erste, mit dem sie freundlich sprach, war der junge Graf. Er war überglücklich, doch war er ebenso schüchtern und getraute sich nicht zu fragen, woher sie sei. Als der Tanz begann, wagte er es, sie aufzufordern. Sie sagte mit Freuden zu, doch als die erste Runde vorüber war, verließ sie den Saal und fuhr nach Hause. Sie eilte in ihre Kammer, zog wieder ihr schlechtes Gewand an und begab sich in die Küche.

Als der junge Graf heimkam, strahlte sein Gesicht vor Freude. Er erzählte seiner Mutter von der unbekannten Tänzerin und rief: »O wie schön und herrlich sie war!« Da warf Aschenbrödel ein: »Aber gewiss nicht schöner als ich!«

»Willst du auch mitreden, du schmutziges Aschenbrödel?« rief der Graf, griff nach der Aschenschaufel und versetzte ihr im Ärger einen Hieb. Nun war Aschenbrödel still und sagte kein Wort mehr.

Am nächsten Abend fuhr der junge Graf wieder auf das Fest und dachte bei sich: »Wenn sie auch wieder da ist, will ich sie nicht entschlüpfen lassen.« Aschenbrödel aber tat alles so wie am vorigen Abend, nur erschien sie diesmal in einem funkelnden Sternenkleid. Der junge Graf fasste Mut und fragte, woher sie denn komme. »Oh, ich komme vom Aschenschaufelhieb«, versetzte sie, aber er verstand nicht, was sie ihm damit sagen wollte, und meinte, es sei wohl irgendeine fremde Stadt, die diesen seltsamen Namen führe. Wieder tanzte er mit ihr, und wieder eilte sie gleich nach der ersten Runde fort, ohne dass seine Schmeicheleien sie hätten zurückhalten können. Bald darauf verließ auch der junge Graf den Ball und fuhr missmutig zurück nach Hause. »Ach, Mutter«, klagte er, »ich bin krank vor Liebe! Ach, Mutter, wenn du nur hättest sehen können, wie schön sie ist!«

»Aber gewiss nicht schöner als ich!« warf Aschenbrödel ein. »Willst du wohl schweigen, du staubiges Ding!« rief er zornig und versetzte ihr einen Schlag mit der Feuerzange. Da war Aschenbrödel wieder still und zog sich in einen Winkel zurück, hörte aber noch, wie die Mutter sagte: »Nimm morgen diesen kostbaren Diamantring mit und stecke ihn ihr an den Finger, sobald sie kommt! Dann muss sie bleiben.«

»Gut, dass ich's weiß!« dachte Aschenbrödel und ging in ihre Küche.

Am nächsten Abend nahm der junge Graf den Ring mit aufs Fest. Aschenbrödel aber tat das gleiche wie an den beiden vorigen Abenden, nur wählte sie diesmal ein Sonnenkleid, das glänzte und schimmerte so hell, dass alle die Augen abwenden mussten, als sie den Saal betrat, so sehr waren sie davon geblendet. Der junge Graf eilte auf sie zu und steckte ihr den Diamantring an den Finger, was sie zu seiner großen Freude gern geschehen ließ. Da fragte er sie noch einmal, woher sie denn komme. »Vom Feuerzangenschlag«, antwortete sie. Nun hätte er merken müssen, wer sie wirklich war, doch hatte ihre Schönheit nicht nur seine Augen, sondern auch seinen Verstand geblendet, und er erkannte sie nicht. Er tanzte mit ihr, und nachdem der erste Tanz vorüber war, entkam sie ihm wieder, ohne dass er's hindern konnte. Da fuhr er gleich nach Hause und erzählte alles seiner Mutter. »Ich muss mich zu Bett legen«, sprach er dann, »ich bin krank.« Und er legte sich zu Bett und hatte Schlaf und Appetit verloren.

Am folgenden Tag bat Aschenbrödel die Gräfin, sie möchte ihr erlauben, für den jungen Grafen die Speisen zu kochen, aber die Gräfin schlug es ihr rundweg ab. Am zweiten Tag hörte Aschenbrödel aber nicht auf zu bitten, bis die Gräfin ihr erlaubte, ihrem kranken Sohn wenigstens einen Teller mit Speise hineinzutragen. Während Aschenbrödel den Teller aber hineintrug, ließ sie den Ring darauf fallen. Kaum hatte der junge Graf ein wenig gegessen, fand er den Ring. »Mutter, Mutter, so komm doch!« rief er. Als die Gräfin bei ihm war, zeigte er ihr den Ring und sprach: »Sieh, Mutter, ich habe den

Ring gefunden. Wer mag ihn wohl auf den Teller gelegt haben?« Die Gräfin sann ein wenig nach und sprach: »Das kann nur das Aschenbrödel getan haben.« Sie riefen es augenblicklich herein und stellten es zur Rede. Da sagte das Aschenbrödel: »Wartet ein wenig!« und lief in ihre Kammer. Sie wusch sich und kämmte sich, legte ihr Sonnenkleid an und trat in das Zimmer, worin die Gräfin und ihr Sohn waren. Die beiden wussten sich vor Staunen nicht zu fassen, als sie in der schönen Jungfrau ihr staubiges Aschenbrödel erkannten. Der junge Graf bat sie gleich demütig um Verzeihung wegen der Schläge mit der Aschenschaufel und der Feuerzange. Das war aber alles schon lange verziehen. Sie verheirateten sich und waren schon in dieser Welt selig vor Glück und Freude!

Märchen aus Südtirol

Die kluge Haustochter

In einem Dorf lebten zwei treue Menschen, Mann und Frau, in tiefem Glück und Frieden miteinander. Nach einigen Jahren kam ein Sohn zur Welt, und nun war das Glück vollkommen. Es sollte aber nicht lange so bleiben: Eine böse Krankheit kehrte im Dorfe ein und riss manchen lieben Menschen aus seinem Kreise. Der Junge verlor in kurzer Zeit beide, Vater und Mutter. Darüber war er sehr traurig. Nun musste er sich allein durchs Leben schlagen und war doch erst zehn Jahre alt. Er zog von Dorf zu Dorf und bettelte bei den Leuten. Sie gaben ihm auch meistens etwas, so dass er gesund und stark wurde. Als er zwanzig Jahre alt war, ging er zu einem Bauern und bot sich bei ihm zur Arbeit an. Da dieser aber nicht alle Tage für ihn Arbeit hatte, musste er es auch bei den anderen Bauern des Dorfes versuchen.

In dem Jahre, in welchem er seine Arbeit antrat, war es außerordentlich kalt während der kühlen Zeit. Ja, eines Morgens lag sogar Reif auf allen Dächern des Dorfes. Die Einwohner saßen um ein Feuer herum und unterhielten sich darüber, ob wohl ein Mensch solche Kälte ohne Kleider ertragen könne. Die meisten waren der Meinung, dass ein Mensch, der solches versuchen würde, sterben müsse. Man wollte es aber doch genauer wissen. So trat der reichste Bauer des Dorfes auf und sagte: »Wer ohne Kleider eine Nacht auf dem Dache meines Hauses zu schlafen wagt und nicht stirbt, dem will ich meine Tochter zur Frau geben und eintausend Silberstücke dazu.« Es meldete sich aber niemand. Etwas abseits hielt sich der junge Mann auf, der bei manchen Bauern Dienste tat. Er hatte alles mit angehört und abgewartet, ob irgend jemand aus dem Dorfe es unternehmen würde. Als er aber sah, dass keiner sich getraute, eine Nacht unbekleidet auf dem Dache zu verbringen, stand er auf und sprach: »Wenn du alles tun wirst, was du soeben gesagt hast, dann bin ich bereit, den Versuch zu wagen. Ich will gleich heute Nacht auf dem Dache deines Hauses schlafen.« In Gegenwart aller wiederholte der Bauer sein Versprechen.

Der Abend kam herbei. Der reiche Bauer hatte einige seiner Leute zu Wächtern bestellt, damit der junge Mann nicht etwa heimlich warme Decken auf das Dach des Hauses mitnehmen würde. Der arme Bursche bestieg unbekleidet das Dach und ließ sich dort nieder. Er nahm sich zusammen, so gut er konnte. Lange konnte er es auch aushalten, aber dann kam der Morgen heran. Der Hahn krähte, da zog die Kälte mächtig an. Er wurde steif wie ein Toter. Ohne Besinnung lag er den Rest der Nacht auf dem weißen Dache. Nachdem die Sonne aufgegangen war, kamen die Dorfleute zusammen und holten ihn vom Dach herunter. »Umsonst hast du dein Leben hingegeben«, sagten die einen. »Er wollte die Tochter des Reichen heiraten und selbst reich werden«, spotteten andere. »Hättest auch hier unten sterben können«, höhnten die dritten. »Kommt, wir wollen ihn zum Begräbnisplatz tragen und dort verscharren«, mahnten wieder andere. Aber es waren auch einige vernünftige Leute dabei, die rieten, ihn bis zum Mittage in der Sonne liegen zu lassen. Das wurde auch befolgt. Gegen zehn Uhr am Vormittage wurde der arme Mensch warm. Er konnte wieder seine Glieder rühren und erhob sich. Er ging in das Haus des Bauern, aß und trank und war frisch und munter, wie er es sonst gewesen war. »Der arme Kerl ist wieder gesund geworden. Nun wird er die Tochter des Reichen heiraten und wird auch noch tausend Rupien obendrein bekommen«, raunten die Dorfleute einander zu und beneideten ihn.

Am folgenden Tage versammelten sie sich wieder. In ihrer Mitte saß der reiche Bauer, dem es inzwischen leid geworden, dass er ein solch großes Versprechen für so einen geringen

Dienst gegeben hatte. Der junge Mann wurde herbeigerufen. Der Bauer fragte ihn: »Hast du vielleicht in der Ferne ein Feuer gesehen, als du auf meinem Dache lagst? Sag die Wahrheit und lüge nicht!« Der Gefragte gab zur Antwort: »Ja, fern im Osten auf einem großen Berge habe ich ein Feuer gesehen. Es war allerdings nur ein recht schwaches Feuerzeichen.«

»Weil du das gesehen hast und weil es deswegen nicht so kalt geworden ist, deswegen lebst du noch. Ohne das wärest du sicher gestorben. Was ich versprochen habe, kann ich dir nicht geben, denn die Voraussetzung dafür ist nicht dagewesen. Mach, dass du fortkommst!« entgegnete der Geizhals. Keiner aus der Versammlung wagte es, aufzustehen und für den Betrogenen einzutreten. Es blieb ihm daher nichts übrig, als das Haus des Reichen zu verlassen. In seinem Herzen aber wohnte der Kummer.

Wieder war die Saatzeit gekommen. Viele Verwandte und Bekannte des reichen Bauern waren herbeigekommen, um ihm bei der Arbeit zu helfen. Am ersten Tage sollte es ein großes Festessen geben. Reis und Gemüse war reichlich gekocht worden. Die Tochter des Hauses hatte sich bei der Zubereitung besonders viel Mühe gegeben. Das Gemüse sah lecker aus, aber sie hatte kein Salz hineingemischt, sondern es in kleine Pakete gewickelt und mit aufs Feld gesandt. Niemand wusste, was das bedeuten sollte.

Als der Vater von dem Gemüse kostete, wurde er unwillig. Er ging zu seiner Tochter und fragte sie, weshalb sie kein Salz hineingetan habe. »Es schmeckt nach nichts, und die Leute, die von fern und nah gekommen sind, werden uns verlachen, werden vielleicht nicht wiederkommen, um die Arbeit zu tun«, schimpfte er wieder und wieder. Seine Tochter aber blieb ruhig und erwiderte nur: »Aber Vater, das Salz ist doch in den Paketchen, die ich mit dem Essen auf das Feld gesandt habe.« Das wollte der Bauer nicht glauben. Nun gingen die beiden aufs Feld, wo man alles abgestellt hatte. Es verhielt sich so, wie die Tochter es gesagt hatte. Erregt fragte der Vater: »Wie soll denn das Salz in den Paketen das Essen in den Töpfen schmackhaft machen?« Ebenso gefasst wie zuvor entgegnete sie: »Mein Vater, wie kann das Feuerzeichen auf einem fernen Berge einen nackten Menschen auf unserem Dach warmhalten?« Da gingen dem Vater die Augen auf. Er verstand mit einem Male alles und merkte auch, dass das Herz seiner Tochter bei dem armen jungen Manne war, den er so betrogen hatte. Noch am selben Abend sprach er mit seinen Verwandten, die ihm bei der Arbeit der Jahreszeit halfen. Niemand hatte etwas dagegen einzuwenden, dass die jungen Leute verheiratet werden sollten. So fand die Hochzeit bald statt, und alle Not hatte ein Ende.

Märchen aus dem Jeyporeland (Indien)

Vom Grafen
und seiner Schwester

Es war einmal ein Graf, der hatte eine Schwester, die war schöner als die Sonne. Der Graf wollte seine Schwester niemals verheiraten, denn es war ihm keiner gut genug für sie. Als er sich nun selbst verheiratete, behielt er sie im Haus, und sooft er seiner Frau ein schönes Kleid schenkte, schenkte er seiner Schwester ein gleiches.

Gegenüber dem Grafen wohnte aber der König. Da sprach die Schwester des Grafen eines Abends zu ihrer Lampe, die eine Zauberlampe war:

»Lampe aus Gold mit dem silbernen Docht,
sagt mir, was der König macht,
ob er schläft oder ob er wacht!«

Die Lampe antwortete:

»Tritt ein, Herrin, tritt unbesorgt ein!
Der König schläft,
es braucht dir nicht angst zu sein!«

Die Schöne eilte über die Straße und schlüpfte in die Kammer des Königs. Im Morgengrauen verließ sie ihn, und niemand wusste, wer sie war und woher sie stammte. Am zweiten Abend ging es ebenso, und der König war in großer Verzweiflung, weil er nicht herausfinden konnte, wer die Schöne war, die schon zweimal das Lager mit ihm geteilt hatte. Er vertraute sich dem Grafen an, und der riet ihm: »Wenn die Schöne heute Abend wieder bei dir ist und ihr Kleid ablegt, so versteck es! Auf diese Weise können wir morgen erfahren, wer sie ist!«

Der König folgte dem Rat, und als die Schöne wieder in seine Kammer trat und ihr Kleid ablegte, nahm er es und versteckte es, und als sie im ersten Morgengrauen entfliehen wollte, fand sie es nicht und musste ohne es fort.

Der König aber zeigte dem Grafen das Kleid; der erschrak und dachte: »Ein solches Kleid habe ich vor kurzem meiner Frau und meiner Schwester geschenkt! Sollte es eine von ihnen sein?« Er ging nach Hause und sagte zu seiner Frau:»Zeig mir doch einmal das letzte Kleid, das ich dir geschenkt habe!« Sie zeigte es ihm, und er ging zu seiner Schwester und wollte auch deren Kleid sehen. Sie aber antwortete: »Ich will es gleich holen; ich habe es in einen Schrank verwahrt.« Rasch lief sie zur Frau ihres Bruders und bat: »Liebe Schwägerin, leiht mir doch auf einen Augenblick Euer Kleid!« und brachte es ihm. Da die Kleider aber ganz gleich waren, merkte der Graf den Betrug nicht. Von nun an wartete der König vergeblich auf seine schöne Besucherin.

Bald merkte die Schwester des Grafen, dass sie schwanger war. Sie verbarg sich aber vor ihrem Bruder, und als ihre Stunde kam, gebar sie einen wunderschönen Knaben. Sie bettete ihn in einen Korb, bedeckte ihn mit den schönsten wohlriechenden Blumen und schickte ihn dem König. Als nun der König die Blumen abdeckte und den schönen Knaben erblickte, meinte er wohl, es wäre sein Sohn. Er ließ den Grafen rufen und sprach zu ihm: »Da hat mir eine Unbekannte diesen wunderschönen Knaben geschickt. Gewiss ist es meine Schöne gewesen. Wüsste ich doch nur, wo ich sie finden könnte!«

»Königliche Majestät«, antwortete der Graf, »veranstaltet eine große Festlichkeit und ladet dazu alle Damen der Stadt. Dann lasset ein großes Feuer anzünden, weiset das Kind vor und tut, als ob Ihr es ins Feuer werfen wolltet, da wird sich die Mutter des Kindes schon verraten!«

Also veranstaltete der König eine große Festlichkeit, und alle Damen der Stadt kamen zusammen, darunter auch die

Schwester des Grafen. Mitten im Fest aber ließ der König ein großes Becken mit einem brennenden Feuer hereinbringen. Dann zeigte er das Kind in seinem Korb und sprach: »Seht das schöne Kind, das eine Unbekannte mir geschickt hat. Was soll ich aber damit machen? Ich will es verbrennen!« Da rief eine jammernde Stimme: »Mein Sohn, mein Sohn!«, und die Schwester des Grafen stürzte sich auf den Knaben. Als der Graf seine Schwester erkannte, zog er im Zorn sein Schwert und wollte sie ermorden. Der König fiel ihm aber in den Arm und rief:

»Halt ein, Graf, o Graf, halt ein!
Es ist keine Schande, Schwester des Grafen
und Gattin des Königs zu sein!«

Da wurde nun eine schöne Hochzeit gefeiert, die Schwester des Grafen wurde Königin, und sie lebten glücklich und zufrieden.

Wir aber haben das Nachsehen …

Märchen aus Sizilien

Die Geschichte von den einhundert abgeschlagenen Köpfen und dem einen Kopf und der Tochter des Sultans

*E*s war einmal ein Sultan, der hatte eine einzige Tochter. Da er sie mehr als alles andere auf der Welt liebte, gab er all ihren Launen nach und erfüllte ihr jeden Wunsch.

Eines Tages trat das Mädchen vor ihren Vater und sprach: »Ich langweile mich in deinem Palast inmitten deiner Frauen und deiner Sklaven. Ich möchte ausreiten und dein Reich zu Pferd durchstreifen. Weil ich allein aber wenig Freude daran hätte, bitte ich dich um vierzig Gefährtinnen, und sie sollen wie ich Jungfrauen sein und geschickte Reiterinnen.«

Da ließ der Sultan unter allen Stämmen seines Landes ausrufen, sie möchten vierzig Jungfrauen mit prächtig aufgezäumten Pferden zu ihm schicken. Binnen kurzem führten die Ältesten der Stämme vierzig berittene junge Mädchen in den Hof des Sultanspalastes, aber keiner von ihnen hatte gewagt, den Sultan zu fragen, warum er die vierzig Jungfrauen verlange, so sehr waren sie gewohnt, seinen Befehlen zu gehorchen.

Der Sultan ließ seine Tochter rufen und sprach: »Hier sind deine vierzig Gefährtinnen!« Da sprang die Sultanstochter auf ihr Pferd und stürmte an der Spitze ihrer vierzig Gefährtinnen von dannen.

Die Mädchen ritten Tag für Tag aus. Sie galoppierten auf weiten Ebenen dahin, durchquerten einsame Wälder und reißende Flüsse, und wenn die Sultanstochter des tollen Jagens müde war, kehrten sie gemeinsam in den Palast ihres Vaters zurück. Da gerieten die Ältesten der Stämme in große Sorge. Sie sandten dem Sultan kostbare Geschenke und kräftige

Stiere, die sie vor seinem Palast abstechen ließen, und suchten ihn auf. Demütig traten sie vor ihn und baten: »Gib uns unsere Töchter zurück! Wir haben Angst, dass sie auf ihren wilden Streifzügen ihre Unschuld verlieren.« Der Sultan strich sich den Bart und versprach, ihre Bitte zu erfüllen.

Er rief seine Tochter zu sich und sagte: »Das und das ist geschehen. Ich werde deine Gefährtinnen nach Hause zurückschicken und dich verheiraten.« Das Mädchen hatte keine Lust, so schnell zu heiraten, deshalb antwortete sie: »Ich will aber nur den zum Mann, der mich besiegt.« Der Vater gab ihrem Wunsch nach und ließ in allen Gegenden seines Reiches bekanntmachen, dass derjenige, der seine Tochter im Zweikampf besiege, sie zur Frau erhalten und sein Nachfolger werden solle. Als die mutigsten jungen Männer aller Stämme hörten, was die Ausrufer verkündeten, dachten sie selbstbewusst: »Ich werde die Sultanstochter bezwingen und ihrem Vater auf dem Thron folgen.«

Alsbald erschien der erste Bewerber auf seinem Streitross auf dem Kampfplatz, den Säbel in der Hand, und ließ ausrufen, dass er gekommen sei, um die Tochter des Sultans zu gewinnen. Das Mädchen ritt auf ihn zu und griff ihn furchtlos an, warf ihn aus dem Sattel und schlug ihm mit seinem eigenen Säbel den Kopf ab. Der Kopf des Besiegten wurde darauf am Tor des Palastes aufgehängt, aber die Bewerber ließen sich von dem grausigen Anblick nicht abschrecken. Sie versuchten trotzdem ihr Glück und kamen in großer Zahl. Stets aber errang die Sultanstochter den Sieg, und bald hingen einhundert Köpfe am Tor des Palastes und legten Zeugnis ab von Kühnheit und Geschick der jungfräulichen Herausforderin.

Unter denjenigen, die den hundertsten Kampf mit angesehen hatten, war auch ein junger Hirte gewesen, ein armer verwachsener Mensch, der den Grind hatte. Er kehrte am Abend so traurig und verstört nach Hause zurück, dass seine

Mutter über seinen Anblick erschrak und besorgt fragte: »Mein Sohn, was fehlt dir?« Da erzählte er von den einhundert abgeschlagenen Köpfen, aber seine Mutter sagte nur: »Das sind Sachen der Großen und Mächtigen. Sie gehen uns kleine Leute nichts an.« Doch der junge Hirte erklärte seiner Mutter, dass nun er versuchen wolle, Schwiegersohn des Sultans zu werden. Die Mutter schaute ihren Sohn bestürzt an. Wie sollte ihm ein solches Vorhaben gelingen, schief und krumm gewachsen, wie er war, und von einem Grind befallen, der ihn bis hin zu den Ohren zerfraß? Sie sah voll Sorge, wie er eine alte Stute aus dem Pferch holte, seinen Burnus zusammenfaltete und ihn dem Tier als Sattel auf den Rücken legte, sah, wie er davonritt, um die Tochter des Sultans zu gewinnen, und folgte ihm in einiger Entfernung. Sie kam zu dem Platz, auf welchem der Kampf ausgetragen wurde, und sah mit eigenen Augen an, wie ihr unglücklicher grindiger und verwachsener Sohn sich mit dem wagemutigen Mädchen schlug, und beobachtete, dass es ihm nicht anders als den einhundert schönen Jünglingen vor ihm erging und sein Kopf nun der einhunderterste war, der abgeschlagen wurde.

Laut jammernd lief sie zu der Tochter des Sultans und rief: »Die einhundert Köpfe am Palasttor mögen dir genügen! Überlass mir den Leib und den Kopf meines armen Sohnes, damit ich sie gemeinsam bestatten kann!« Das Mädchen gewährte der Mutter die Bitte, und sie trug die sterblichen Überreste ihres Sohnes auf dem Rücken davon und hatte seinen abgeschlagenen Kopf in ihren Schleier gewickelt. Mit dieser Bürde wanderte sie im Land umher. Zu allen Stämmen schleppte sie sich und suchte nach einem mutigen jungen Mann, der das grausame Mädchen endlich besiegen sollte. Aber überall musste sie hören, dass die mutigsten aller Stämme längst ausgezogen und nicht zurückgekehrt waren. Schließlich begegnete ihr ein alter Mann, der sprach zu ihr: »Geh mit deiner Last zu jener Quelle! Ein tapferer junger Mann tränkt dort jeden Tag sein Pferd, das er mehr als alles andere auf der Welt liebt. Trübe das Wasser der Quelle und bitte ihn um Hilfe.«

Die Mutter folgte dem Rat des Alten. Als sie das klare Quellwasser trübe gemacht hatte, erschien ein Jüngling, der war schön wie der volle Mond. Er stieg vom Pferd und führte sein Tier zur Quelle, aber das Pferd wollte das trübe Wasser nicht trinken. Da bemerkte der Jüngling die Frau und schrie sie an: »Du schmutziges altes Weib, warum hast du das Wasser der Quelle getrübt?« Sie warf sich ihm zu Füßen, bat ihn um Verzeihung und legte den Kopf ihres Sohnes vor ihn hin. Da sagte er: »Sprich, Alte! Was willst du?«, und sie erzählte ihm die ganze Geschichte. Der Jüngling sprang auf sein Pferd und ritt zu seinem Vater. Er erzählte ihm, was er von der unglücklichen Alten gehört hatte, und verkündete, dass er sich aufmachen wolle, um die Tochter des Sultans zum Zweikampf herauszufordern und die Hundert zu rächen, deren Köpfe am Tor des Sultanspalastes hingen, und den Einhundertersten dazu.

Der Vater widersetzte sich dem Vorhaben seines Sohnes nicht, doch beschloss er, dessen Tapferkeit heimlich zu prüfen. Er bestieg ein feuriges Streitross und verbarg sein Gesicht hinter einem Schleier. Er erreichte den Kampfplatz vor seinem Sohn, und als jener erschien, griff er ihn an, als sei er die Tochter des Sultans. Sie kämpften erbittert, und der Jüngling siegte. Schon schwang er den Säbel, um der vermeintlichen Gegnerin den Kopf abzuschlagen, da enthüllte der Vater sein Antlitz, und dem Sohn fiel die Waffe aus der Hand. »Ich wollte dich prüfen, mein Sohn«, sprach der Vater, »und bin deiner nun sicher. Jetzt fordere die Tochter des Sultans heraus!«

Kaum war der Vater davongeritten, stürmte die schöne und stolze Jungfrau gegen den Jüngling an, glücklich, sich einem neuen Herausforderer zu stellen. Doch noch ehe der Kampf begann, trafen sich ihre Blicke: Da war sie besiegt allein von seinem Blick. Sie sprang vom Pferd und warf sich vor ihm nieder. »Ich ergebe mich!« rief sie. »Du bist mein Herr und mein Gebieter, und du bist mein Gemahl.« Beide erklärten sie einander ihre Liebe, dann ritt sie allein zum Sultanspalast. Sie ging zu ihrem Vater und sprach: »Ein Jüngling, der schön ist wie kein zweiter und tapferer als die hunderteinen vor ihm, hat mich bezwungen. Ihn will ich zum Gemahl.« Doch als der Jüngling kam, um den Siegespreis zu empfangen, ließ der Sultan ihn nicht vor und bestellte ihn für den nächsten Tag. Zwar hatte er seine Tochter verheiraten wollen, aber nun mochte er sich doch noch nicht von ihr trennen, und ein trauriger Zufall kam ihm zu Hilfe. Eine seiner jungen Sklavinnen war todkrank. Sie überlebte die Nacht nicht, und so gab er die Tote am Morgen für seine Tochter aus und wies den Jüngling ab. Jener ließ sich jedoch nicht täuschen. Er untersuchte das Grab und hatte den Betrug noch vor dem Abend aufgedeckt. Unerschrocken erschien er noch einmal im Palast und verlangte die Sultanstochter zur Gemahlin. Der Sultan wollte ihm wieder weismachen, dass seine Tochter tot und begraben sei, weshalb im ganzen Land Trauer herrsche, doch der beherzte Jüngling bewies, dass die Tochter lebte und die Verstorbene eine Sklavin war. Da musste der Sultan wohl oder übel in die Heirat der beiden mutigen jungen Leute einwilligen. Ihre Hochzeit wurde die schönste und prächtigste, die man sich vorstellen kann, und so erhielt die Sultanstochter am Ende den Mann, der sie besiegt hatte.

Märchen aus Marokko

Von dem Sommer- und Wintergarten

Ein Kaufmann wollte auf die Messe gehen, da fragte er seine drei Töchter, was er ihnen mitbringen sollte. Die älteste sprach: »Ein schönes Kleid«, die zweite: »Ein Paar hübsche Schuhe«, die dritte: »Eine Rose«. Aber die Rose zu verschaffen war etwas Schweres, weil es mitten im Winter war, doch weil die jüngste die schönste war und sie eine große Freude an den Blumen hatte, sagte der Vater, er wolle zusehen, ob er sie bekommen könne, und sich rechte Mühe darum geben.

Als der Kaufmann wieder auf der Rückreise war, hatte er ein prächtiges Kleid für die älteste und ein Paar schöne Schuhe für die zweite, aber die Rose für die dritte hatte er nicht bekommen können. Wenn er in einen Garten gegangen war und nach Rosen gefragt, hatten die Leute ihn ausgelacht: Ob er denn glaube, dass die Rosen im Schnee wüchsen? Das war ihm aber gar leid, und wie er darüber sann, ob er gar nichts für sein liebstes Kind mitbringen könne, kam er vor ein Schloss, und dabei war ein Garten, in dem war es halb Sommer und halb Winter, und auf der einen Seite blühten die schönsten Blumen groß und klein, und auf der andern war alles kahl und lag ein tiefer Schnee. Der Mann stieg vom Pferd herab, und wie er eine ganze Hecke voll Rosen auf der Sommerseite erblickte, war er froh, ging hinzu und brach eine ab. Dann ritt er wieder fort. Er war schon ein Stück Wegs geritten, da hörte er etwas hinter sich herlaufen und schnaufen. Er drehte sich um und sah ein großes, schwarzes Tier, das rief: »Du gibst mir meine Rose wieder, oder ich mach dich tot! Du gibst mir meine Rose wieder, oder ich mach dich tot!« Da sprach der Mann: »Ich bitt' dich, lass mir die Rose! Ich soll sie meiner Tochter mitbringen, die ist die Schönste auf der Welt.«

»Meinetwegen, aber gib mir die schöne Tochter dafür zur Frau!« Der Mann, um das Tier loszuwerden, sagt ja und denkt: »Das wird doch nicht kommen und sie fordern.« Das Tier aber rief noch hinter ihm drein: »In acht Tagen komm' ich und hol' meine Braut!«

Der Kaufmann brachte nun einer jeden Tochter mit, was sie gewünscht hatten. Sie freuten sich auch alle darüber, am meisten aber die jüngste über die Rose.

Nach acht Tagen saßen die drei Schwestern beisammen am Tisch, da kam etwas mit schwerem Gang die Treppe herauf und an die Türe und rief: »Macht auf! Macht auf!« Da machten sie auf, aber sie erschraken recht, als ein großes, schwarzes Tier hereintrat: »Weil meine Braut nicht gekommen und die Zeit herum ist, will ich mir sie selber holen.« Damit ging es auf die jüngste Tochter zu und packte sie an. Sie fing an zu schreien, das half aber alles nichts, sie musste mit fort, und als der Vater nach Haus kam, war sein liebstes Kind geraubt.

Das schwarze Tier aber trug die schöne Jungfrau in sein Schloss. Da war's gar wunderbar und schön, und Musikanten waren darin, die spielten auf, und unten war der Garten halb Sommer und halb Winter, und das Tier tat ihr alles zuliebe, was es ihr nur an den Augen absehen konnte. Sie aßen zusammen, und sie musste ihm aufschöpfen, sonst wollte es nicht essen. Da ward sie dem Tier hold, und endlich hatte sie es recht lieb.

Einmal sagte sie zu ihm: »Mir ist so angst, ich weiß nicht recht warum, aber mir ist, als wär mein Vater krank oder eine von meinen Schwestern. Könnte ich sie nur ein einziges Mal sehen!« Da führte das Tier sie zu einem Spiegel und sagte: »Da schau hinein!« Und wie sie hineinschaute, war es recht, als wäre sie zu Haus. Sie sah ihre Stube und ihren Vater, der war wirklich krank, aus Herzeleid, weil er sich Schuld gab, dass sein liebstes Kind von einem wilden Tier geraubt und gar von ihm aufgefressen sei. Hätt' er gewusst, wie gut es ihm ging, so hätte er sich nicht betrübt! Auch ihre zwei Schwestern sah sie, die saßen am Bett und weinten. Von dem allen war ihr Herz ganz schwer, und sie bat das Tier, es sollte sie nur ein paar Tage wieder heimgehen lassen. Das Tier wollte lange nicht. Endlich aber, wie sie so jammerte, hatte es Mitleiden mit ihr und sagte: »Geh hin zu deinem Vater, aber versprich mir, dass du in acht Tagen wieder da sein willst!« Sie versprach es ihm, und als sie fortging, rief es noch: »Bleib aber ja nicht länger als acht Tage aus!«

Wie sie heimkam, freute sich ihr Vater, dass er sie noch einmal sähe, aber die Krankheit und das Leid hatten schon zu sehr an seinem Herzen gefressen, dass er nicht wieder gesund werden konnte, und nach ein paar Tagen starb er. Da konnte sie an nichts anderes denken vor Traurigkeit, und hernach ward ihr Vater begraben, da ging sie mit zur Leiche, und dann weinten die Schwestern zusammen und trösteten sich, und als sie endlich wieder an ihr liebes Tier dachte, da waren schon längst die acht Tage herum. Da ward ihr recht angst, und es war ihr, als sei das auch krank, und sie machte sich gleich auf und ging wieder hin zu seinem Schloss. Wie sie aber wieder ankam, war's ganz still und traurig darin. Die Musikanten spielten nicht, und alles war mit schwarzem Flor behangen. Der Garten aber war ganz Winter und von Schnee bedeckt. Und wie sie das Tier selber suchte, war es fort, und sie suchte aller Orten, aber sie konnte es nicht finden. Da war sie doppelt traurig und wusste sich nicht zu trösten.

Und einmal ging sie so traurig im Garten und sah einen Haufen Kohlhäupter, die waren oben schon alt und faul. Da legte sie die herum, und wie sie ein paar umgedreht hatte, sah sie ihr liebes Tier, das lag darunter und war tot. Geschwind holte sie Wasser und begoss es damit unaufhörlich. Da sprang es auf und war auf einmal verwandelt und ein schöner Prinz. Da ward Hochzeit gehalten, und die Musikanten spielten gleich wieder; die Sommerseite im Garten kam prächtig hervor, und der schwarze Flor ward abgerissen, und sie lebten vergnügt miteinander immerdar.

Märchen der Brüder Grimm

La Rana (die Fröschin)

Cin Mann und eine Frau hatten keine Kinder und hätten doch für ihr Leben gern welche gehabt. Sie flehten den Himmel an, er möge ihnen Nachkommen schenken, ganz gleich, welcher Art, und bald schien es, als würde ihr Wunsch in Erfüllung gehen. Als aber die Zeit kam, dass die Frau gebären sollte, brachte sie kein Kind, sondern *una rana*, eine Fröschin, zur Welt. Der Mann und die Frau ließen sich aber nicht beirren und zogen ihre Tochter mit großer Liebe auf. Sie lehrten sie Musik und allerlei andere Künste, doch mehr als alles andere liebte *la rana* den Gesang. Sie bildete ihre Stimme aus und sang schließlich so schön, dass jeder, der sie hörte, sie für die beste Sängerin der Stadt hielt. Aber niemand hatte sie je zu Gesicht bekommen. Darüber wunderten sich die Leute und konnten sich nicht erklären, warum eine so wunderbare Sängerin nicht öffentlich auftrat.

Eines Tages ging der Königssohn am Haus der Fröschin vorüber und hörte sie singen. Er blieb stehen und lauschte, und wie er lauschte, so verliebte er sich sterblich in die unbekannte Sängerin. Da ging er zu ihrem Vater und bat, sie sehen und sprechen zu dürfen, doch der Vater wies sein Ansinnen zurück. Als der Prinz sie wieder einmal singen hörte, verliebte er sich noch heftiger in sie und bedrängte ihren Vater, er möge sie ihm zur Frau geben. Der Vater erwiderte, er müsse zuvor seine Tochter befragen. Da willigte *la rana* in die Heirat ein, stellte jedoch die Bedingung, in einem geschlossenen Wagen in die Königsburg gebracht zu werden und unbeobachtet in das Brautgemach gehen zu dürfen. Der Prinz wurde dadurch nur noch neugieriger und gestand es zu. Am bestimmten Tag geschah dann alles, wie die Fröschin es gewünscht hatte, und nachdem sie ungesehen in das prächtige Brautgemach gelangt war, kroch sie in eines der beiden Betten und verbarg sich darin. Als der Prinz das Brautgemach am Abend betrat, war er verwundert, seine Braut dort nicht zu finden, und legte sich missmutig zu Bett. Um Mitternacht aber kroch die Fröschin aus ihren Kissen hervor und setzte sich ihrem Bräutigam auf die Brust. Er wachte davon halb aus dem Schlaf auf, fasste sie und schleuderte sie auf den Boden. Da hüpfte die Fröschin zornig zum Zimmer hinaus und über die Stiegen hinab nach Haus.

Am Morgen tat es dem Prinzen leid, dass er die Fröschin auf den Boden geschleudert hatte, und große Traurigkeit überkam ihn. Nach einiger Zeit ging er wieder einmal an ihrem Haus vorüber, und als er ihren Gesang hörte, verliebte er sich von neuem in sie und wünschte sie wieder zur Frau. *La rana* willigte ein und stellte diesmal keine Bedingungen. Sie ließ sich ein Wägelchen aus Pappe bauen und spannte einen Hahn davor. Dann setzte sie sich als ihr eigener Kutscher oben auf den Bock und fuhr zur Königsburg. Dabei kam sie an drei Feen vorüber, die am Weg standen. Eine von ihnen litt große Schmerzen, denn eine Fischgräte, die sie beim Essen verschluckt hatte, war ihr im Hals steckengeblieben. Als die drei Feen nun die Fröschin sahen, wie sie in ihrem kleinen, von einem Hahn gezogenen Wägelchen dahinfuhr und lustig mit der Peitsche knallte, lachten sie so herzlich, dass der einen die Gräte aus dem Hals kam und sie auf einmal von allen Schmerzen frei war.

Da ließen sie die Fröschin anhalten, und die erste sagte zu ihr: »Ich will dir einen schönen Wagen und Pferde und Bediente geben.« Und im Nu standen Wagen und Pferde da mit Bedienten in schönen Livreen. Darauf sprach die zweite: »Ich will dir kostbare Kleider und Gold und Silber geben.« Im Nu war auch dies alles da und schimmerte und glänzte, dass es eine Freude war. Sodann trat die dritte Fee vor, welche durch ihr Lachen von der Gräte befreit worden war, und sprach: »Ich will dich verwandeln.« Und in demselben Augenblick wurde die Fröschin zu einem schönen Mädchen. Sie dankte den drei gütigen Feen von ganzem Herzen und fuhr fröhlich in die Königsburg zu einer Hochzeit voll Jubel und Lustbarkeit.

Märchen aus Südtirol

Fanfinette und der Sohn des Königs

Ein Mann hatte drei Töchter. Die jüngste hieß Fanfinette, und sie war die hübscheste. Die beiden anderen wurden Catissou und Martissou gerufen; ihre richtigen Namen waren aber Catherine und Marthe.

Eines Tages beschloss der Vater, auf Reisen zu gehen. Bevor er aufbrach, rief er seine drei Töchter zu sich und sagte zu ihnen: »Lasst niemanden ins Haus, während ich fort bin!« Er gab einer jeden eine Rose und sagte: »Gebt gut acht, dass eure Rosen nicht welken!« Dann ging er auf Reisen und blieb lange fort.

Neben den drei Schwestern wohnte der Sohn des Königs. Er hatte es seit langem auf die hübsche Fanfinette abgesehen und wollte sie gar zu gern verführen. Als er hörte, dass der Vater auf Reisen gegangen war und die Mädchen alleingelassen hatte, überlegte er: »Wie soll ich es anstellen, um in ihr Haus zu gelangen?« Als er es das erstemal versuchte, jagten ihn die drei Schwestern davon. Da zog er alte Lumpen an und verkleidete sich als Bettler. Vielleicht war es damals kalt, vielleicht regnete es sogar, jedenfalls klopfte er an ihre Tür und zitterte erbärmlich, »br, br, brrr«, machte er. Die mitleidigen Mädchen gaben ihm Geld, aber damit war der Bettler nicht zufrieden. Er wollte sich unbedingt drinnen am Feuer aufwärmen. Da sagte die älteste Schwester: »Wir können den armen alten Mann unbesorgt einlassen. Er wird uns bestimmt nichts Böses tun.« Fanfinette bestand aber darauf, ihn wegzuschicken. Sie spürte, dass er etwas im Schilde führte und sagte: »Er soll machen, dass er weiterkommt!« Die beiden Älteren hörten nicht auf sie und ließen den falschen Bettler ein. Er setzte sich dicht ans Feuer und wärmte sich auf, doch plötzlich riss er von seinen alten Lumpen einen Fetzen ab und warf ihn in die Flammen. »Was tust du da, armer Alter?« riefen die Mädchen erschrocken. »Ach«, antwortete er, »da war ein Stück Stoff, das Feuer gefangen hatte, da hab' ich es abgerissen!« Dann warf er noch einen Fetzen ins Feuer und noch einen, bis die schmutzigen Lumpen alle verbrannt waren und er in seinen königlichen Kleidern vor ihnen stand. »Diesmal habe ich's endlich geschafft!« sagte er zu den überraschten Mädchen. »Und jetzt will ich mit Fanfinette schlafen!« Aber Fanfinette erwiderte bescheiden: »O nein, *mon Prince*, diese Ehre steht mir als der Jüngsten nicht zu! Sie gebührt meiner ältesten Schwester Catissou!« Und so legte Catissou sich mit dem Königssohn zu Bett …

Als die zweite Nacht kam, wollte der Sohn des Königs endlich mit der hübschesten der drei schlafen und sagte: »Jetzt bist du an der Reihe, Fanfinette!«

»Aber nein, *mon Prince*«, erwiderte Fanfinette, »diesmal müsst Ihr Martissou beehren!«

Während der beiden Nächte, in denen der Sohn des Königs sich mit ihren Schwestern vergnügte, blieb Fanfinette nicht untätig und lockerte die Dielen unter ihrem Bett. Als die dritte Nacht anbrach, sollte nun endlich, endlich Fanfinette an die Reihe kommen. Der Sohn des Königs war vor lauter Vorfreude ganz außer sich. Er strahlte und dachte: »Diesmal krieg' ich sie!« Da sagte Fanfinette zu ihm: »Ihr seht so glücklich aus, mein Prinz! Warum macht Ihr zum Zeichen Eurer Freude nicht einen Luftsprung?« Da sprang der Sohn des Königs mit solcher Macht in die Höhe, dass er beim Herunterkommen durch die losen Fußbodenbretter hindurch in den Keller auf einige Fässer fiel, und Fanfinette war ihn los.

Der Königssohn war außer sich vor Wut. Er wollte nun erst recht nicht aufgeben und dachte bei sich: »Ich krieg' dich noch! Ich krieg' dich doch!« Aber jetzt, jetzt war er fest entschlossen, die hübsche Fanfinette umzubringen!

Den Kopf voll böser Mordgedanken, schlug er das Innere eines Fasses dicht an dicht mit Nägeln aus. In dieses Fass wollte er Fanfinette stecken, um sie zu töten. Er bestellte sie zu sich und bat sie freundlich, hineinzukriechen. Am Boden des Fasses gab es aber einen spitzen Nagel, der länger als die anderen war. »Den müsst Ihr erst herausziehen«, sagte Fanfinette zu ihm, »sonst krieche ich nicht hinein.« Kaum war der Sohn des Königs in das Fass gestiegen, um den Nagel zu entfernen, rollte Fanfinette das Fass nach rechts und nach links und rundherum, so dass die spitzigen Nägel den Königssohn über und über stachen und er aus vielen Wunden blutete. Fanfinette aber ging vergnügt nach Haus.

Der Sohn des Königs hatte große Mühe, sich selbst aus dem Fass herauszuhelfen, und legte sich krank zu Bett. Er sprach zu niemandem ein Wort über die Ursache seines Leidens, und so fragten seine Diener sich besorgt, was ihrem Herrn wohl fehlen mochte, dass er viele Monate lang mit schmerzhaft geschwollenen Gliedern und aufgeschwollenem Leib darniederlag ...

Catissou und Matissou hatten inzwischen jede einen Sohn zur Welt gebracht, und Fanfinette gab acht, dass die Kinder stets gut genährt und wohl versorgt waren. Eines Tages wickelte sie die beiden in ein Tuch und verkleidete sich als Arzt. Sie machte sich mit ihrem Bündel auf zum Königsschloss und sagte zu den Dienern: »Ich bin ein berühmter Doktor und habe gehört, dass euer Herr krank ist. Lasst mich zu ihm! Solltet ihr später Schreie hören, bleibt, wo ihr seid! Ich brauche keine Hilfe.«

Sie ging in das Zimmer, in dem der Sohn des Königs zu Bett lag, zog eine Peitsche hervor und schlug kräftig auf ihn ein. O wie er da jammerte! Als sie fand, dass es genug sei, legte sie ihm seine beiden Söhne rechts und links in den Arm und verließ das Zimmer. Die Kinder fingen an zu schreien, und die Diener meinten, es sei ihr Herr. Aber Fanfinette sagte zu ihnen: »Nein, es ist nicht euer Herr, der da schreit, es sind seine beiden Kinder. Kein Wunder, dass der Sohn des Königs einen geschwollenen Leib hatte! Ich habe ihn eben von Zwillingen entbunden.« Da staunten die Diener über die Maßen und eilten zu ihrem Herrn ins Schlafgemach. Fanfinette aber ging fröhlich nach Haus.

Bald darauf kehrte der Vater zurück und bat seine Töchter, ihm ihre Rosen zu zeigen. Fanfinettes Rose war aber die einzige, die frisch geblieben war. Sie gab sie ihrer ältesten Schwester, und die älteste gab sie an die zweite weiter, und die zweite gab sie der jüngsten zurück. »Schön, schön«, sagte der Vater, »aber ich möchte eure Rosen doch einmal beisammen sehen.« Da sah er, dass die Rosen der beiden älteren Schwestern verwelkt waren, doch sagte er nichts dazu.

Als der Sohn des Königs wieder gesund war, kam er und bat den Vater, ihm eine seiner Töchter zur Frau zu geben, und es war Fanfinette, die er wollte! Fanfinette war aber ganz sicher, dass er dabei nur im Sinn hatte, sie umzubringen, und so weigerte sie sich, seinen Antrag anzunehmen. Der Vater ließ ihr aber keine Ruhe und fragte immer wieder: »Was hast du gegen ihn? Ist er nicht reich? Sieht er nicht gut aus?« So sagte sie schließlich ja.

Im Schloss gab es eine alte Amme, die den Sohn des Königs aufgezogen hatte und noch immer bei ihm war. Als Fanfinette am Tag der Hochzeit ein bekümmertes Gesicht machte, sagte die Amme zu ihr: »Arme Fanfinette, du siehst gar nicht glücklich aus! Dabei bist du so hübsch und zur Liebe wie geschaffen.«

»O ja!« sagte Fanfinette und seufzte, »aber heute Nacht muss ich sterben.«

»Lass mich nur machen!« erwiderte die alte Amme. »Ich will in euer Schlafgemach gehen und ein paar Vorbereitungen treffen.« Sie nahm einen großen Kürbis und füllte ihn mit Honig. Dann zog sie dem Kürbis Kleider an, setzte ihm eine Nachtmütze auf und legte ihn ins Bett, als wäre er ein Mensch.

Als der Sohn des Königs am Abend in das Schlafgemach kam, zückte er sein scharfes Schwert. Er ging einige Schritte auf das Bett zu, in welchem er Fanfinette vermutete: *Zzzit*, ein schneller Hieb mitten in ihr Gesicht, und etwas Klebriges spritzte ihm auf die Lippen. Er leckte es ab, *mmmm*, wie süß es schmeckte, süß wie Honig! Da rief er: »O weh, o weh, was habe ich getan, ich unglücklicher Mensch! Ich habe Fanfinette umgebracht, meine hübsche Fanfinette, deren Blut so süß wie Honig ist!« Er weinte und jammerte in einem fort und machte solchen Lärm, dass die alte Amme gelaufen kam. »O weh, o weh, ich habe die süße, süße Fanfinette umgebracht!« klagte er ihr sein Leid. »Ach, Amme, kannst du sie nicht wieder lebendig machen?«

Die echte Fanfinette aber lag quicklebendig unter dem Bett und hatte sich *hihihi* ins Fäustchen gelacht, als der Sohn des Königs den Kürbis entzweigehauen hatte …

Die Amme schickte den König aus dem Zimmer. Dann sagte sie zu Fanfinette: »Rasch, komm und hilf mir!« Fanfinette kroch unter dem Bett hervor, und gemeinsam entfernten die beiden die honigverschmierten Laken und bezogen das Bett neu.

»Nun leg dich hinein, und wenn der Sohn des Königs dich fragt, ob er dich verwundet hast, sagst du ja.«

Der Sohn des Königs kam herein und war glücklich, als er sah, dass seine Fanfinette lebendig war. Er legte sich zu ihr und sagte: »Ich hab' dir schrecklich weh getan, süße Fanfinette, nicht wahr?«

»O ja, o ja!« flüsterte Fanfinette und tat, als ob sie große Schmerzen litte und zu schwach wäre, um lauter zu sprechen.

Mit der Zeit wurden die beiden dann aber doch ein gutes Paar, und dem Sohn des Königs kam es niemals wieder in den Sinn, seine hübsche Fanfinette zu töten, die doch so süßes, süßes Blut hatte …

Märchen aus Frankreich

Von dem klugen Mädchen

Es waren einmal zwei Brüder. Der eine Bruder hatte sieben Söhne, der andere aber sieben Töchter. Wenn nun der Vater der sieben Söhne seinem Bruder begegnete, so rief er ihm immer zu: »O mein Herr Bruder, Ihr mit sieben Blumentöpfen, und ich mit sieben Schwertern!« Das verdross den Vater der sieben Töchter über die Maßen, und wenn er nach Hause kam, war er stets missmutig und verstimmt. Seine jüngste Tochter war aber nicht nur wunderschön, sondern ebenso klug. Da sie nun ihren Vater immer so verdrießlich sah, fragte sie ihn eines Tages, was ihm fehle. »Ach, Kind«, antwortete er, »da ist mein Bruder, der wirft mir immer vor, dass ich nur sieben Töchter habe und keine Söhne. Sooft er mich sieht, sagt er zu mir: ›O mein Herr Bruder, Ihr mit sieben Blumentöpfen, und ich mit sieben Schwertern!‹«

»Wisst Ihr was, lieber Vater«, sprach darauf das kluge Mädchen, »wenn Euer Bruder wieder so zu Euch spricht, so antwortet ihm, Eure Töchter seien weit klüger als seine Söhne, und schlagt ihm eine Wette vor: Er solle seinen jüngsten Sohn ausschicken und Ihr wolltet Eure jüngste Tochter ausschicken, um dem Königssohn seine Krone zu rauben, dann werde man ja sehen, wem von beiden es gelingt.«

»Ja, das will ich tun!« antwortete der Vater, und als er seinen Bruder das nächste Mal traf und der ihn wieder neckte, entgegnete er: »O mein Herr Bruder, meine Töchter sind klüger als Eure Söhne! Zum Beweis dafür biete ich Euch eine Wette an: Ihr schickt Euren jüngsten Sohn aus, und ich will meine jüngste Tochter ausschicken, und dann wollen wir sehen, wer von beiden es zuerst fertigbringt, dem Königssohn die Krone zu rauben.« Der Bruder war es zufrieden, und der Jüngling und das Mädchen zogen zusammen aus.

Als sie eine Weile gegangen waren, kamen sie an einen kleinen Fluss, in dem zu der Zeit viel Wasser floss.´ Das Mädchen zog ihre Schuhe aus, schürzte ihren Rock und watete munter ans andere Ufer. Der Jüngling aber dachte: »Was soll ich mir meine Füße nass machen? Ich will warten, bis sich das Wasser verlaufen hat.« Er setzte sich, und damit der Fluss schneller trocken werde, schöpfte er Wasser mit einer Haselnussschale und goss es in den Sand aus. Seine Base aber ging weiter, bis sie einem Bauernburschen begegnete. »Gib mir deine Kleider, schöner Bursche«, bat sie, »ich will dir die meinigen dafür geben.« Der Bursche war es zufrieden, und das Mädchen nahm die Männerkleider und legte sie an. Dann machte sie sich wieder auf den Weg, bis sie in die Stadt kam, wo der Königssohn wohnte. Sie ging vor das königliche Schloss und fing an, dort auf und ab zu gehen. Der Königssohn aber stand auf dem Balkon, und als er den schönen Jüngling erblickte, rief er ihn an und fragte, wie er heiße.

»Ich heiße Giovanni und bin hier fremd«, antwortete das Mädchen. »Könnt Ihr mich nicht in Euren Dienst nehmen?«

»Willst du mein Sekretär sein?« fragte der Königssohn. Sie war es zufrieden, und der Königssohn nahm sie in seinen Dienst. Er gewann seinen jungen Sekretär von Tag zu Tag lieber, doch sooft er dessen schöne weiße Hände anschaute, dachte er: »Das sind nicht die Hände eines Mannes! Giovanni ist gewiss ein Mädchen!« Er ging zu seiner Mutter und erzählte ihr von seinem Verdacht; sie erwiderte aber: »Ach nein, wie kann Giovanni denn ein Mädchen sein?«

»Doch, Mutter, doch«, widersprach ihr Sohn, »seht doch nur seine Hände an!

Giovanni scrive
Cu manu sottile
Modu di donna
Ca mi fa murire

Mit einer Hand so zart
Giovanni schreibt …
Das ist Frauenart,
die in den Tod mich treibt!«

»Nun, lieber Sohn«, sprach die Königin, »wenn du dir Gewissheit verschaffen willst, so nimm ihn mit in den Garten. Pflückt
er eine Nelke, so ist er in Wahrheit ein Mädchen, pflückt er
eine Rose, ist er gewiss ein Mann.«

Der Königssohn folgte dem Rat seiner Mutter. Er rief
seinen Sekretär zu sich und sprach zu ihm: »Giovanni, wir
wollen uns ein wenig im Garten ergehen.«

»Sehr wohl, Königliche Hoheit!« antwortete das kluge
Mädchen, und die beiden gingen in den Garten. Sie hütete
sich aber, nach den Nelken zu schauen, pflückte eine Rose und
steckte sie sich ins Knopfloch. Da sprach der Königssohn:
»Sieh doch nur, wie schön die Nelken sind! Und wie herrlich
sie duften!« Sie erwiderte aber: »Was sollen uns die Nelken?
Sind wir denn Mädchen?«

Der Königssohn ging darauf zu seiner Mutter, und als sie
hörte, was geschehen war, sprach sie: »Siehst du, ich habe es
dir ja gesagt!«

»Nein, Mutter, nein«, antwortete er, »ich lasse es mir nicht
ausreden, denn

mit einer Hand so zart
Giovanni schreibt …
Das ist Frauenart,
die in den Tod mich treibt!«

»So schlage deinem Freund vor«, erwiderte die Königin, »mit
dir im Meer zu baden. Wenn er einverstanden ist, werden dir
danach keine Zweifel mehr bleiben.«

Der Königssohn rief seinen geliebten Sekretär und sprach:

»Giovanni, heute ist ein so heißer Tag! Lass' uns ein Bad im Meer nehmen!«

»Warum nicht«, antwortete das kluge Mädchen, »wir wollen gleich gehen, Königliche Hoheit!« Als die beiden aber an den Strand kamen, rief sie: »Oh, Königliche Hoheit, ich habe vergessen, die Handtücher mitzunehmen. Wartet hier einen Augenblick auf mich, derweil ich ins Schloss zurücklaufe und sie hole!« Rasch lief sie zum Schloss, trat vor die Königin und sprach: »Der Königssohn wünscht seine goldene Krone und lässt Euch bitten, sie mir ohne Verzug zu geben.« Die Königin übergab ihr die Krone, und rasch schrieb das Mädchen auf einen Zettel:

Ich kam als Jungfrau,
Ich ging als Jungfrau,
Gefoppt ist der Prinz,
Denn ich war schlau.

Sie klebte diesen Zettel ans Tor, bestieg ein Pferd und galoppierte mit der Krone davon. Als sie an den kleinen Fluss kam, saß ihr Vetter noch immer dort am Ufer und schöpfte Wasser mit seiner Haselnussschale. Da zeigte sie ihm lachend die Krone und rief: »Hatte mein Vater nicht recht, als er sagte, wir Schwestern seien klüger als du und deine Brüder?«, und damit gab sie ihrem Pferd die Sporen, setzte über den Fluss und ritt fröhlich nach Hause.

Am Strand wartete der Königssohn unterdessen immer noch auf seinen Sekretär, und als er schließlich die Geduld verlor und nach Hause ging, sah er den Zettel am Tor schon von weitem. Er las ihn, lief voll Schmerz zu seiner Mutter und rief: »Habe ich Euch nicht gesagt, dass Giovanni ein Mädchen ist? Und nun ist sie fort, und ich wollte sie doch zu meiner Gemahlin machen!« Ohne Verzug ließ er sein Ross satteln und machte sich auf, das schöne Mädchen zu suchen.

Lange ritt er geradeaus, und sooft ihm jemand begegnete, fragte er ihn, ob er nicht einen schönen Jüngling habe vorbeireiten sehen, aber niemand konnte ihm Auskunft geben. Endlich kam er an den Fluss, wo der Sohn des anderen Bruders noch immer saß und Wasser schöpfte. »Schöner Bursche«, rief er ihn an, »ist vielleicht ein Jüngling hier vorbeigeritten, der in seiner Hand eine goldene Krone trug?«

»Das ist meine Base«, antwortete der Bursche, »die ist zur Stunde gewiss schon zu Hause.«

»Bringe mich zu ihr!« sprach der Königssohn, und sie gingen zusammen zur Wohnung des Mädchens. Sie hatte unterdessen aber wieder Frauenkleider angelegt und sah so noch viel schöner aus als zuvor, und als der Königssohn sie erblickte, eilte er auf sie zu und sprach: »Du sollst meine liebe Gemahlin sein!« Er nahm er sie mit auf sein Schloss, und sie ließ ihren Vater und ihre Schwestern auch dorthin kommen. Dann feierten sie eine glänzende Hochzeit und lebten zufrieden und glücklich weiter. Aber wir sitzen hier und haben das Nachsehen …

Märchen aus Sizilien

Die heiratsscheue Prinzessin

*E*s war einmal ein König, der hatte nur einen einzigen Sohn und wünschte daher sehr, ihn sobald als möglich zu verheiraten. Aber je mehr er in ihn drang, sich eine Frau zu suchen, desto größere Abneigung zeigte der Sohn gegen den Ehestand und sagte, dass alle Weiber nichts taugten und nur auf der Welt wären, um ihre Männer zu betrügen.

Als der Vater sah, dass alles Zureden nicht helfen wollte, führte er seinen Sohn endlich in einen Saal, dessen Wände mit lauter Frauenbildnissen behangen waren, und sprach zu ihm: »Sieh, mein Sohn, hier hast du nun sämtliche unverheirateten Prinzessinnen der ganzen Welt vor dir. Betrachte sie eine nach der anderen und triff dann deine Wahl, denn du darfst mir nicht eher aus diesem Saal, als bis du dich für eine von ihnen entschieden hast.«

Um seinem Vater den Willen zu tun, machte sich der Prinz daran und betrachtete ein Bild nach dem anderen, aber keines wollte ihm gefallen, an einem jeden fand er etwas auszusetzen. Die eine war ihm zu jung, die andere zu alt, die eine zu blass, die andere zu rot, und so ging es fort, bis er ganz zuletzt an ein Bild kam, das verkehrt herum an der Wand hing. Da fragte er den König: »Sag mir, lieber Vater, warum hängt dies Bild verkehrt?« Der König aber erwiderte: »Lass es so, wie es ist, und sieh es nicht an, denn es stellt die Tochter eines mächtigen Königs dar, welche ebenso heiratsscheu ist wie du und noch alle Königssöhne, die um sie freiten, ins Unglück gestürzt hat. Wenn du sie sähest und sie dir gefiele, so könnte das dein Unglück sein.« Da sprach der Prinz: »Du hast mich hierher geführt, um mir sämtliche Prinzessinnen der ganzen Welt zu zeigen, und darum darfst du mir auch keine vorenthalten.« Und mit diesen Worten kehrte er das Bild um und betrachtete es weit genauer als alle anderen. Die Prinzessin war aber so schön, dass sie sein Herz gewann und er zu seinem Vater sprach: »Diese oder keine!«

Der Vater tat sein möglichstes, um ihn von seinem Entschluss abzubringen, indem er ihm zu bedenken gab, dass jener König viel mächtiger sei als er und seine Tochter schon die mächtigsten Königssöhne, die es auf der Welt gegeben, ins Verderben gestürzt habe, dass er also seinem sicheren Untergang entgegengehe, wenn er sie zur Frau begehre. Er solle also Mitleid mit seinem Vater haben und ihn nicht in dessen alten Tagen dem Unglück preisgeben. Aber alle Reden des Königs waren vergebens. Der Prinz blieb bei seinem Vorsatz und erklärte, dass er die Prinzessin unbedingt von Angesicht sehen müsse, aber nicht offen als Freier, sondern verkleidet zu ihr gehen wolle.

Nachdem der Prinz auf diese Weise die Erlaubnis seines Vaters erlangt hatte, zog er grobe Kleider an, gab sich ein möglichst ärmliches Aussehen und machte sich dann nach der Stadt auf, in welcher die Prinzessin wohnte. Der Weg führte ihn durch eine Einöde, und dort erblickte er zwei Männer, die entsetzlich miteinander stritten. Das machte ihn neugierig. Er trat auf sie zu und fragte, warum sie denn gar so sehr miteinander haderten und ob er ihren Zwist nicht ausgleichen könne. Sie wiesen ihn aber mit rauhen Worten zurück und sprachen, er solle sich nicht in ihre Sache mischen und seiner Wege gehen. Doch der Prinz ließ sich nicht irremachen und sprach: »Sagt mir nur, worüber ihr streitet! Dann will ich euch so viel Geld geben, als es wert ist, damit Friede unter euch werde.« Drauf sprach der eine: »Da, sieh her, du Dummkopf, das ist unsere väterliche Erbschaft, und darum streiten wir.« Dabei zeigte er auf einen rohen Stock und eine alte Mütze, die neben ihnen auf dem Boden lagen. Als der Prinz den Stock und die Mütze erblickte, lachte er und sprach: »Schämt ihr euch nicht, über solche Armseligkeiten zu hadern? Sagt mir, was sie wert sind, und ich will dem einen den Preis geben, der andere mag die Sachen behalten, damit ihr auseinanderkommt.« Der Mann aber sprach: »Den Preis musst du selber bestimmen, wenn du erst weißt, was es mit den Sachen für eine Bewandtnis hat. Wer die Mütze aufsetzt, der wird unsichtbar, und wer mit dem Stock dreimal auf die Erde stupft, der kommt dahin, wohin er sich wünscht.« Da sprach der Prinz: »Soviel Geld habe ich freilich nicht, um diese Dinge zu bezahlen. Aber wisst ihr, wie ihr euern Streit schlichten könnt? Ich will meinen Spieß in jenen Baum werfen, ihr müsst um die Wette danach laufen, und wer von euch mir den Spieß zurückbringt, der soll Stock und Mütze haben.« Das waren die beiden zufrieden. Der Prinz warf also seinen Spieß in den Baum, und die beiden Männer fingen an, danach zu laufen. Während sie aber liefen, setzte der Prinz die Mütze auf den Kopf, stupfte dreimal mit dem Stock auf die Erde und wünschte sich in den Palast der Prinzessin, und kaum hatte er das getan, so war er auch schon dort.

Er schlich sich von Zimmer zu Zimmer, bis er in das Gemach kam, wo die Prinzessin war, und als er sie erblickte, fand er, dass sie in der Wirklichkeit noch viel, viel schöner war als auf dem Bild, und seine Liebe zu ihr wuchs in demselben Maße. Als er sich an ihr satt gesehen hatte, ging er aus dem Schloss in den Garten und fragte nach dem Obergärtner, und als er ihn gefunden hatte, bot er sich ihm als Gartenknecht an. Der Obergärtner aber erwiderte, dass er nur Arbeiter mit tüchtigen Fäusten, aber keine solchen Milchgesichter mit feinen weißen Händen brauchen könne. Da sagte der Prinz, er verlange keinen Lohn, sondern nur die Kost, und als der Obergärtner das hörte, nahm er ihn an. Der Prinz arbeitete nun Tag für Tag in dem Garten und machte sich immer an den Lieblingsplätzen der Prinzessin zu schaffen, um sie betrachten zu können.

Die Prinzessin war aber eine große Gartenfreundin. Sie kam jeden Nachmittag herunter, um spazierenzugehen, setzte sich dann in ein abgelegenes Gartenhäuschen und las bis in die Nacht, und niemand konnte ihm sagen, wann sie in das Schloss zurückkehrte. Das machte ihn neugierig, und um zu erfahren, was sie in der Nacht trieb, machte er sich in der Nähe des Gartenhäuschens einen Schlupfwinkel, und als es Abend wurde und die anderen Arbeiter schlafen gingen, kroch er leise hinein und lauerte. Die Zeit wurde ihm aber lang, denn die Prinzessin blieb in dem Gartenhäuschen und las und las und warf nur selten einen Blick hinaus ins Freie. Endlich, gegen Mitternacht, hörte er ein Geräusch wie fernes Donnern, das jedoch immer näherkam, und er sah, wie die Prinzessin ihr Buch zuklappte und vor das Häuschen trat. In demselben Augenblick kam auch schon ein ungeheurer Drache angeflogen und stürzte sich der Prinzessin in die Arme. Nachdem sie ihn zärtlich willkommen geheißen hatte, führte sie ihn in das Gartenhaus. Der Prinz konnte nur sehen, wie sie weiter zärtlich mit ihm tat, aber er war zu weit weg, um ihr Gespräch mit anzuhören, und aus Furcht vor dem ungeheuren Drachen traute er sich nicht näher heran.

Nachdem die beiden einander eine Weile liebkost hatten, flog der Drache mit dem gleichen Getöse und der gleichen Blitzesschnelle wieder weg, mit der er gekommen war, und die Prinzessin kehrte in das Schloss zurück. Nun ging auch der Prinz in seine Kammer, aber das, was er gesehen hatte, ließ ihn nicht schlafen, und er zerbrach sich den Kopf, wie er es anstellen sollte, das Gespräch der beiden Liebenden zu belauschen. Auch tags darauf war dies sein einziger Gedanke, bis ihm endlich seine Mütze und sein Stock einfielen, an die er seit seiner Ankunft gar nicht mehr gedacht hatte. Am Abend setzte er also die Mütze auf und nahm den Stock in die Hand, schlich sich in das Gartenhäuschen und wartete die Ankunft des Drachen ab.

Die Prinzessin empfing ihren Geliebten ebenso zärtlich wie das erstemal. Er überhäufte sie mit Liebkosungen und

Schmeichelreden und bat sie, doch heute Nacht mit ihm in sein Schloss zu kommen, wo er das herrlichste Gastmahl für sie habe bereiten lassen. Die Prinzessin weigerte sich anfangs, weil ihr Vater sie auf morgen früh zu einer Unterredung bestellt hatte, des Drachen Schloss aber sechshundert Tagereisen entfernt war und sie deshalb fürchtete, nicht zeitig genug wieder zurückzukommen. Er versprach ihr jedoch, dass sie vor Morgen wieder zu Hause sein solle, nahm sie in seine Krallen und flog fort. Da stupfte der Prinz mit seinem Stock dreimal auf die Erde, wünschte sich in das Drachenschloss und kam zu gleicher Zeit mit dem Liebespaar dort an.

Das Schloss war von hohen Mauern umgeben und wurde von einer Menge dienstbarer Drachen bewohnt. Seine Gemächer erstrahlten in aller erdenkbaren Herrlichkeit und in dem Glanz von tausend Lichtern, und in dem innersten Gemach, welches das allerschönste war, stand ein üppiges Gastmahl bereit. Der Drache überreichte der Prinzessin ein köstliches Tuch, welches so schön gestickt war, dass sie sich dessen nicht bedienen wollte, sondern es an einen Nagel hängte, um es später mit sich nach Hause zu nehmen. Als sich nun beide zu Tisch setzten, nahm der Prinz das Tuch an sich und steckte es ein. Darauf setzte er sich zu den beiden an die Tafel und aß mit ihnen von allen Speisen, ohne dass sie es bemerkt hätten. Als aber zuletzt die herkömmliche Schüssel mit gekochtem trockenem Reis aufgetragen wurde, da bemerkte der Drache, dass neben den beiden Höhlungen, welche sein Löffel und der Löffel der Prinzessin, die ihm gegenübersaß, in den aufgehäuften Reis machten, noch eine dritte Höhlung in demselben entstand. Er deutete darauf und fragte die Prinzessin, wie das wohl zugehe, und als sie sich ebenfalls darüber wunderte, drehte er die Schüssel, um zu sehen, ob sie sich auch nicht getäuscht hätten und ob auch auf der vierten Seite eine Aushöhlung entstehe. Wie nun die Prinzessin sah, dass auch dort allmählich eine Höhlung im

Reis entstand und immer größer wurde, ohne dass sie begreifen konnte, wie es zugehe, da wurde ihr unheimlich zumute, und sie trieb den Drachen zum Aufbruch.

Als sie aufstand und das Tuch vom Nagel nehmen wollte und es nicht mehr finden konnte, da wurde sie noch unruhiger und trieb den Drachen zu noch größerer Eile an. Er nahm sie also wieder in seine Krallen und trug sie ebenso schnell nach Hause, wie er sie hergebracht hatte, und der Prinz folgte ihnen auf dem Fuße und sah, wie die Prinzessin mit großer Hast in das Schloss eilte.

Als er am anderen Morgen erst spät in den Garten kam, merkte er an dem unruhigen Hin- und Herlaufen der Leute, dass irgendetwas Ungewöhnliches vorging. Er begegnete dem Obergärtner, der mit bestürzter Miene an ihm vorübereilte, ohne auf seinen Gruß zu achten. Da eilte der Prinz ihm nach, fasste sich ein Herz und fragte ihn nach der Ursache seiner Trauer. »Ei, du Dummkopf«, antwortete der Obergärtner, »weißt du denn nicht, dass wir alle unabwendbar verloren sind? Der mächtigste Nachbar unseres Herrn, dessen Kriegsheer viermal stärker ist als das unsrige, hat Gesandte geschickt, welche die Prinzessin für seinen Sohn verlangen, und wenn sie ihm nicht sogleich und ohne alle Umstände zugesagt wird, so will er das Reich mit Krieg überziehen und keinen Stein auf dem andern lassen. Heute Morgen sollte sich die Prinzessin zu diesem Antrag erklären. Sie bestand aber darauf, dass sie nur demjenigen ihre Hand reichen wolle, welcher die Aufgaben zu lösen imstande sei, die sie ihm stelle; so sei es bisher gehalten worden, und dabei müsse es bleiben. Trage daher jener Prinz Verlangen nach ihrem Besitz, so möge er kommen und so gut wie alle anderen das Wagstück unternehmen. Als die Gesandten sahen, dass alle Bitten des Königs vergeblich waren, da erklärten sie unserem Herrn im Namen des ihrigen den Krieg und reisten eiligst ab. Jener König hat aber ein tapferes Kriegsheer von zweimal hunderttausend Mann, wogegen unser König nur kaum fünfzigtausend Mann ins Feld stellen kann, und darüber ist alle Welt so bestürzt, dass sich nicht einmal ein Feldherr finden lässt, der das Herz hätte, sein Heer gegen einen so übermächtigen Feind zu führen.« Darauf erwiderte der Prinz: »Wenn es weiter nichts ist, so will ich gern euer Feldherr werden. Geh also zum König und sag ihm, wenn er mich zum Feldherrn nähme, so wollte ich mich verpflichten, nicht nur den Feind zu schlagen, sondern ihm auch sein halbes Reich abzunehmen.«

Als der Obergärtner diese Rede des Prinzen hörte, traute er seinen Ohren kaum und rief ein über das andere Mal: »Der Bursche ist verrückt geworden …! Was, du armseliger Mensch hast den Mut, dich dem König als Feldherr anzutragen? Nicht zum König, zum Schlossvogt will ich gehen, damit er dich einsperrt und der Schaden vermieden wird, den du in deiner Tollheit anstellen könntest!« Der Prinz wiederholte sein Verlangen aber mit solcher Zuversicht und sah dabei so vornehm und entschlossen aus, dass sein Wesen allmählich Eindruck auf den Obergärtner machte und er endlich sagte: »Ich weiß zwar, dass man uns beide als Narren einsperren wird, aber du hast es mir angetan, und ich will es wagen. Zum König trau' ich mich nicht, aber ich will zum Reichskanzler gehen und es ihm sagen.«

Als der Reichskanzler den Vorschlag des Obergärtners hörte, fing er trotz aller Kümmernis zu lachen an und sprach: »Der Schrecken hat euch Gärtner wohl verrückt gemacht, und ich muss euch einsperren lassen, aber sehen möchte ich den Burschen vorher doch einmal. Geh also hin und hole ihn!«

Als der Prinz vor dem Kanzler erschien, machte sein zuversichtliches Wesen einen solchen Eindruck auf ihn, dass er kopfschüttelnd aufstand und zum König ging und diesem mit klopfendem Herzen den erstaunlichen Antrag des Gartenknechtes vortrug. Anfangs machte es der König ihm nicht besser, als er es dem Obergärtner gemacht hatte. Als er dem

König aber vorstellte, dass sie sowieso verloren seien und nur durch ein Wunder gerettet werden könnten, wurde der nach und nach so bedenklich, dass er endlich den Gartenknecht vor sich kommen ließ, und die Zuversicht, mit der jener sprach, flößte ihm solches Vertrauen ein, dass er ihn bei der Hand ergriff und ihn den versammelten Soldaten als Feldherrn vorstellte, unter dessen Leitung sie nicht nur den Feind besiegen, sondern auch dessen halbes Reich erobern würden. Sie sollten also nicht lange zögern, sondern unter der Führung des neuen Feldherrn unverzüglich ins Feld ziehen, weil der Feind bereits in die Reichsgrenze eingebrochen sei. Darauf befahl der Prinz: »Vorwärts!« und zog mit seinen fünfzigtausend Mann dem Feind entgegen und schlug ihm gegenüber ein Lager auf. Als der feindliche Feldherr die geringe Zahl der Gegner sah, schickte er einen Herold zu ihnen und forderte sie auf, sich zu ergeben und unnützes Blutvergießen zu vermeiden. Der neue Feldherr schickte den Herold aber mit der Antwort zurück, dass es sich morgen zeigen solle, wessen Blut vergossen werden würde. Nun warteten die Unterfeldherren des Prinzen darauf, dass er sie zu sich bitten und ihnen seinen Schlachtplan mitteilen würde, aber Stunde um Stunde verging, ohne dass dieser Befehl erfolgte, und der Abend kam, ohne dass der Prinz sein Zelt verlassen hätte.

Als es Nacht geworden war, legte er sich zur Ruhe und befahl, ihn nach Mitternacht zu wecken. Zu der bestimmten Stunde stand er dann auf. Er setzte seine Mütze auf und nahm seinen Stock in die Hand und wünschte sich in das feindliche Lager, wo er alles im tiefsten Schlafe fand. Er schlich sich nun in sämtliche Zelte, in welchen Hauptleute oder Feldherren schliefen, und schlug ihnen die Köpfe ab. So trieb er es bis gegen Morgen und wünschte sich dann in sein Zelt zurück. Als es Tag wurde und die Feinde eine so große Anzahl ihrer Anführer ermordet fanden, riefen sie die Lagerwachen zusammen, und als diese einstimmig versicherten, dass sie niemanden hätten aus- und eingehen sehen, da begannen die Soldaten über Verrat zu schreien, denn allein Verrat könne auch die unerhörte Keckheit der Feinde erklären, sich mit so geringen Kräften gegen ein ungeheures Heer im Feld zu zeigen. Die Verdächtigten scharten sich darauf umeinander, um sich gegen die Anklage des Verrates zu verteidigen, und bei diesen Zwistigkeiten war an diesem Tag an keine Schlacht mehr zu denken.

In der folgenden Nacht machte es der Prinz ebenso wie in der ersten und erschlug womöglich noch eine größere Anzahl von feindlichen Hauptleuten. Am Morgen verdoppelten sich in dem feindlichen Heer die Aufregung und das Geschrei über Verrat, und es dauerte nicht lange, so kam es von Worten zu Taten, und die feindlichen Heeresabteilungen begannen aufeinander loszuschlagen.

Als der Prinz das Lärmen im feindlichen Lager hörte, rief er seinen Soldaten zu: »Jetzt ist es Zeit, jetzt schlagt los!« Er stürzte sich mit seinem Heer auf die Feinde und stellte ein solches Blutbad unter ihnen an, dass nur wenige mit dem Leben davonkamen. So rasch er konnte, zog er darauf vor die feindliche Hauptstadt und zwang den König zu einem Frieden, in welchem er die Hälfte seines Reiches abtreten musste.

Als der Prinz an der Spitze seines siegreichen Heeres zurückkehrte, empfing ihn der Vater der Prinzessin mit den größten Ehren und machte ihn zu seinem Reichskanzler. Der Prinz stand dieser Würde mit großer Umsicht vor, so dass das ganze Land seines Lobes voll war und er täglich in der Achtung seines Herrn stieg. Als aber einige Zeit verflossen war, ging er eines Tages zu dem König und erklärte, dass er nicht länger in dessen Diensten bleiben könne, weil er nun in seine Heimat zu seinen alten Eltern zurückmüsse. Über diese Mitteilung erschrak der König sehr und stellte ihm die Gefahren vor, in welche ihn sein Weggang stürzen würde, weil nur die Furcht vor ihm den besiegten Nachbarn abhielte, wegen seiner Niederlage Rache zu nehmen. Er ließ nicht ab, den Prinzen zu bitten, dass er bei ihm bleiben solle, und erklärte, dass er ihm alle seine Wünsche erfüllen würde, soweit sie nur in seiner Macht ständen. Der Prinz widerstand so lange allen Vorstellungen des Königs, bis er sah, dass jener in der größten Unruhe und Sorge war. Darauf erklärte er ihm, dass er seine Tochter liebe und nur unter der Bedingung bei ihm bleiben wolle, wenn er sie ihm zur Frau gebe. Als das der König hörte, kratzte er sich am Kopf und sprach: »Von meiner Seite wäre dagegen kein Einwand und ich machte dich mit dem größten Vergnügen zu meinem Schwiegersohn, aber du kennst den harten Sinn meiner Tochter und weißt, wie viele mächtige Prinzen sie bereits ins Verderben gestürzt hat. Ich fürchte, sie wird dich ebenso in den Tod schicken wie alle anderen. Doch will ich mit ihr sprechen und versuchen, ob ich sie überreden kann.«

Der König ließ darauf seine Tochter kommen. Er stellte ihr das Begehren des Reichskanzlers vor und die Gefahren, in welche das Reich durch seinen Abgang geraten würde, und forderte sie auf, den Antrag anzunehmen. Über diese Zumutung geriet die Prinzessin außer sich und rief: »Also so weit ist es mit mir gekommen? Ich habe die mächtigsten Prinzen verschmäht und soll nun einen Gartenknecht heiraten?« Sie wandte alle Mittel an, um ihren Vater umzustimmen, aber ihr Bitten, Schluchzen und Schmeicheln war diesmal vergebens, der König ließ sich nicht erweichen. Als die Prinzessin das sah, sprach sie: »Nun gut, ich beuge mich deinem Willen und werde ihn zum Mann nehmen unter der Bedingung, dass er drei Aufgaben löst, die ich ihm stellen will, damit ich sehe, ob er auch würdig ist, mein Gemahl zu werden. Ich will mich darüber bedenken und ihm morgen früh die erste Aufgabe sagen.« Mit diesen Worten stand sie auf und verließ ihren Vater, ohne weiter auf dessen Einwände zu hören.

Am Abend schlich sich der Prinz mit seiner Mütze und mit seinem Stock zu der Prinzessin in das Gartenhäuschen und wartete dort die Ankunft des Drachen ab. Als der Drache erschien, rief ihm die Prinzessin entgegen: »Es ist wieder ein Freier da, aber den errätst du gewiss nicht! Es ist unser neugebackener Kanzler, der frühere Gartenknecht.« Als der Drache das hörte, lachte er, dass das Häuschen schotterte. Doch die Prinzessin sprach: »Nimm das nicht auf die leichte Achsel! Es steckt etwas Geheimnisvolles in dem Menschen. Ich habe ihn schon lange im Verdacht, dass er zauberkundig ist. Denke also erst gründlich nach, bevor du mir die Aufgabe sagst, die ich ihm stellen soll!«

»Weißt du was«, erwiderte der Drache, »sag ihm, er soll dir in vierundzwanzig Stunden drei lachende Äpfel bringen. Der einzige Baum, auf dem sie wachsen, steht in meinem Garten, und der liegt sechshundert Tagereisen von hier entfernt und wird von hundert Drachen bewacht, denen ich, wenn ich heimkomme, noch besondere Wachsamkeit einschärfen will.«

Als der Drache aufbrach und heimflog, folgte ihm der Prinz und sah mit an, wie er seine Dienstleute um den Baum mit den lachenden Äpfeln aufstellte und ihnen auftrug, die ganze Nacht über wach zu bleiben, damit niemand dem Baum nahekommen könne. Der Prinz war dadurch der Mühe überhoben, den Baum zu suchen. Er blieb in dessen Nähe, und als alle Wachen an Ort und Stelle waren, schlich er sich durch sie hindurch, brach einen Zweig ab, an dem zehn Äpfel hingen, und wünschte sich nach Hause. Sowie er den Ast aber berührt hatte, fingen alle Äpfel am Baum »ha, ha, ha, ha« zu lachen an, und die wachenden Drachen sprangen auf und stürzten durcheinander, denn sie merkten wohl, dass jemand an den Äpfeln gewesen war, konnten ihn aber nicht sehen.

Am folgenden Morgen stellte die Prinzessin dem Kanzler die erste Aufgabe, und dieser erklärte sich bereit, sie zu erfüllen. Zum Erstaunen des Königs und des ganzen Hofes ging er aber den Tag über seinen Geschäften nach, ohne sich um die ihm gestellte Aufgabe zu bekümmern. Gegen Abend nahm er die zehn Äpfel, legte sie auf einen Teller und überreichte sie dem König im Beisein der Prinzessin. Als der König die Früchte sah, wunderte er sich sehr, dass dies die lachenden Äpfel sein sollten, denn sie hatten das Aussehen von Äpfeln der gemeinsten Gattung. Der Prinz bat ihn aber, sie zu berühren, und als er dies tat, erschallte der Saal von einem lauten Gelächter. Die Prinzessin aber musste bekennen, dass ihre Aufgabe gelöst sei, und erbat sich Bedenkzeit bis zum anderen Morgen, um ihm die zweite Aufgabe zu sagen.

In der Nacht belauschte der Prinz wiederum das Gespräch der Prinzessin mit dem Drachen und hörte, wie dieser ihr sagte, dass sie ihm aufgeben solle, drei weinende Quitten zu holen, denn der einzige Baum, an welchem sie wüchsen, stände in dem Hof seines Schlosses, und er werde dessen Tore verschließen lassen und selbst Wache bei dem Baum halten.

Mit den Quitten ging es aber ebenso wie mit den Äpfeln. Der Prinz schlüpfte unbemerkt mit ins Drachenschloss, und als der Drache die Tore schließen ließ, war er schon darin. Als sich der Drache unter den Baum setzte, stellte er sich neben ihn, und als er einen Zweig abbrach, da fingen alle Quitten so heftig an zu weinen, dass er von ihren Tränen durchnässt wurde, bevor er sich aus dem Bereich des Baumes flüchten konnte. Der Drache, der an dem Weinen der Quitten merkte, dass jemand den Baum berührt hatte, stürmte mit seinem Gefolge bald hierhin, bald dorthin und durchsuchte das ganze Schloss vergebens nach dem Dieb. Der Prinz unterhielt sich eine Weile an dem tollen Treiben, wünschte sich dann nach Hause und machte es am folgenden Tag mit seinen Quitten wie mit den Äpfeln.

Als der Drache in der Nacht von der Prinzessin hörte, dass der Kanzler auch diese Aufgabe gelöst hatte, wurde er sehr nachdenklich. Endlich aber sprach er: »Nun will ich dir eine

Aufgabe sagen, an der er gewiss zugrunde gehen wird: Verlange von ihm einen Zahn aus dem Munde des Drachen, dem die Bäume mit den lachenden Äpfeln und den weinenden Quitten gehören, denn selbst wenn er mir den im Schlaf ausbrechen wollte, so würde ich davon erwachen und den frechen Dieb verschlingen.«

Als das der Prinz hörte, wünschte er sich schnell nach Hause, nahm eine Zange und einen Korb, legte Schlafkraut hinein, kehrte damit in das Gartenhäuschen zurück und fuhr, als der Drache aufbrach, mit ihm auf sein Schloss. Dort versammelte der Drache vierzig seiner stärksten Untergebenen um sich und befahl ihnen, mit ihm die Nacht hindurch zu wachen. Der Prinz aber legte auf jeden etwas Schlafkraut, und es dauerte gar nicht lange, so waren sie sämtlich eingeschlafen und schnarchten mit offenem Rachen. Darauf machte sich der Prinz daran und zog einem jeden von ihnen einen Vorderzahn aus, warf sie in seinen Korb und kehrte damit nach Hause zurück. Als die Drachen am anderen Morgen erwachten, bemerkte ein Drache nach dem andern die Lücke im Munde seines Nachbarn und rief: »Ei, dir fehlt ja ein Vorderzahn!« Darüber gerieten sie in großen Schrecken und sprachen: »Wer uns die Zähne ausziehen kann, der kann uns auch die Gurgeln abschneiden.«

Der Prinz machte es aber mit den Zähnen wie mit den Äpfeln und Quitten, und als er am Abend die vierzig Drachenzähne vor der Prinzessin ausschüttete, da fiel sie vor Schrecken in Ohnmacht.

In der Nacht ging der Prinz wieder in das Gartenhäuschen. Er fand die Prinzessin dort in Tränen die Ankunft ihres scheußlichen Geliebten erwartend. Aber der ließ diesmal lange auf sich warten, und als er endlich erschien, da sah er ebenso niedergeschlagen aus wie die Prinzessin. Er blieb an der Tür stehen, und nachdem er sich ängstlich umgesehen hatte, ob niemand hinter ihm wäre, sprach er: »Meine Liebe, dass dein

Brautwerber auch die dritte Aufgabe erfüllt hat, ist dir bereits bekannt. Wer mir aber einen Zahn ausziehen kann, der kann mir auch die Gurgel abschneiden und dich ums Leben bringen. Wir müssen uns also trennen. Ich bin nur hierher gekommen, um Abschied von dir zu nehmen, denn du siehst mich niemals wieder. Lebe wohl!« Nachdem er dies gesagt hatte, flog er weg. Die Prinzessin aber bedeckte ihr Gesicht mit beiden Händen und blieb eine Weile unbewegt sitzen. Als sie aber aufstand, war jede Spur von Kummer an ihr verschwunden, und sie kehrte, heiter um sich blickend, ins Schloss zurück.

Am anderen Morgen nahm der Prinz seine Mütze und seinen Stock und ging damit zu Hofe. Dort fand er den ganzen Hofstaat versammelt und die Prinzessin in ihrem Brautschmuck strahlend. Als sie ihn erblickte, sah sie ihn zärtlich an. Er aber ging an ihr vorüber, trat vor den König und bat ihn um eine geheime Unterredung. Als beide allein waren, erzählte er ihm seine ganze Geschichte: wie ihn die Liebe zu seiner Tochter hierher getrieben, wie er deren Verhältnis mit einem scheußlichen Drachen entdeckt und wie er den Zauber gebrochen habe, der sie umstrickt gehalten. Aber eine Drachenbraut sei seiner nicht würdig, und darum kehre er nun zu seinem Vater zurück. Darauf wünschte er dem König, wohl zu leben, stupfte mit dem Stock dreimal auf den Boden und verschwand vor dessen Augen.

Als er vor seinem Vater erschien, sprach er: »Lieber Vater, da bin ich wieder, geheilt von meiner Liebe und bereit, jede Frau zu heiraten, die du mir zuführen wirst.« Da stellte der König große Feste an und beeilte sich, für seinen Sohn eine schöne und tugendhafte Frau auszusuchen, und als er starb, da stand eine Schar lieblicher Enkel um ihn her.

Märchen aus Griechenland

Das hochmütige Mädchen

Wie jedermann weiß, liegt an der Donau die schöne Stadt Wien. Von ihr berichten alle Handwerksburschen, die des Weges herkommen, dass die Leute dort nicht wissen, wie weh unglückliche Liebe tut, und dass die Mädchen dort ebenso kreuzbrav sind wie in Würzburg. Nur eine schöne Kaufmannstochter spielte dort ihren Liebhabern einmal übel mit, wovon ich jetzt berichten will:

Die Liebhaber der Kaufmannstochter waren drei Gesellen: ein Goldschmied, ein Sattler und ein Schneider. Sie waren treu verbrüdert und zogen immer miteinander in den Straßen von Wien herum und sangen:

Lauter schöne Leut' sein wir,
lauter schöne Leut'.
Wenn wir keine schönen Leut' nicht wären,
so könnten wir kein Geld verzehren.
Lauter schöne Leut' sein wir,
lauter schöne Leut'.

Als sie das Lied zum ersten Mal sangen, da stand die schöne Kaufmannstochter am Fenster. Sie wusste alle drei nacheinander an sich zu locken, zuerst den Goldschmied, sodann auch den Sattler und zuletzt noch den Schneider. Einem jeden nahm sie aber das Versprechen ab, es nicht einmal seinem besten Freund zu sagen. Das versprachen sie ihr auch alle der Reihe nach, und so erfuhr der Goldschmied nicht, dass der Sattler und der Schneider, der Sattler nicht, dass der Goldschmied und der Schneider, und der Schneider nicht, dass der Sattler und der Goldschmied auch mit dem Mädchen bekannt waren.

Nun liebte aber die schöne Kaufmannstochter den Goldschmied am meisten, und weil sein Vater auch ein Goldschmied war und einen eigenen Laden in Wien hatte, so dachte sie auch mitunter daran, ihn zu heiraten, wiewohl sie viel reicher war als er. Des Schneiders und des Sattlers, die von weit her nach Wien hereingewandert waren, wurde sie nach einiger Zeit überdrüssig, und sie beschloss aus Übermut, sie noch einmal recht zu quälen und sich ihrer dabei zu entledigen, um den Goldschmied zu heiraten. (Den Goldschmied quälte sie auch, aber doch lange nicht so wie die beiden anderen.)

Eines Abends kam zuerst der Schneider zu ihr, da hatte sie den Kopf in die Hand gestützt, und die Locken fielen ihr in ihr hübsches Gesicht hinein. Da fragt der Schneider, was ihr denn fehle; sie aber antwortet, er könne ihr nicht helfen. Da erwidert er, warum nicht? Was täte man denn nicht eines Mädchens halber? Nun denn, sagt sie, so wolle sie ihm alles gestehen. Sie habe sich dem Teufel ergeben und müsse um elf Uhr nachts auf des Bürgermeisters Grab liegen, da würde sie der Teufel holen. Wenn er sich nun auf des Bürgermeisters Grab legen wolle, so würde der Teufel kommen und dreimal mit ihm um den Kirchturm herumgaloppieren. Dann aber würde der Teufel es merken, dass er nicht sie auf dem Rücken hätte, und würde ihn fallen lassen und die Flucht ergreifen. Da verspricht ihr der Schneider, sich des Abends auf des Bürgermeisters Grab zu legen und zu warten, bis der Teufel kommt. Hierauf geht er in das Wirtshaus, wo die drei Gesellen immer beisammen gewesen sind. Seine beiden Kameraden aber fand er noch nicht dort.

Zu der Kaufmannstochter kam bald nach dem Schneider auch der Sattler. Da hatte sie wieder den Kopf in die Hand gestützt, und als er fragte, was ihr fehle, antwortete sie auch ihm, er könne ihr nicht helfen. Warum denn nicht, antwortet der Sattler, was täte man denn nicht eines Mädchens halber? Nun denn, erwidert sie, so wolle sie ihm alles bekennen. Sie habe sich dem Teufel ergeben, der wolle sie diese Nacht holen und habe sie auf des Bürgermeisters Grab bestellt. Wenn sie hinkomme, so würde er sich auf ihren Rücken setzen und auf ihr in die Hölle reiten, vorher aber erst dreimal mit ihr rings um den ganzen Kirchhof herumjagen. Wenn er nun um elf Uhr hinginge nach des Bürgermeisters Grab, so würde der Teufel sich auf seine, des Sattlers, Schultern hucken und ihn dreimal im Galopp um den Kirchhof herumtragen. Wenn er ihn dann dabei recht zwicke mit den Händen, so werde der Teufel daran merken, dass sie es nicht sei, und ihn beim dritten Mal abwerfen und allein zur Hölle fahren. Da sagt der Sattler, er werde ihren Auftrag ausführen, und für das Zwicken möge sie ihn nur sorgen lassen, und geht auch ins Wirtshaus.

Kaum ist der Sattler aus dem Haus, so tritt auch der Goldschmied zu der Kaufmannstochter herein. Da stützt sie nicht den Kopf in die Hand, sondern springt gleich auf ihn zu, liebkost ihn und sagt, ob er ihr wohl einen Wunsch erfüllen wolle. Der Goldschmied sagt auch, was täte man denn nicht eines Mädchens halber, küsst sie und legt ihr ein Paar schöne Armspangen um, die er gerade an diesem Tage für sie fertiggemacht hat. Darauf sagt sie, sie hätte einen Vetter, der hätte um sie angehalten, aber sie möchte ihn nicht. Da hätte er sich aus Verzweiflung dem Teufel ergeben. Diese Nacht um elf Uhr würde der ihn vom Grab des Bürgermeisters abholen und zuerst dreimal mit ihm um den Kirchhof herumgaloppieren. Da wünschte sie nun, dass einer dabei wäre, der ordentlich aufhaute. Wenn der Teufel recht gehetzt und geschlagen würde, so würfe er zuletzt ihren Vetter ab, und das wäre ihr lieb, denn wenn sie ihn auch nicht möchte, so sähe sie doch auch nicht gern einen Vetter zur Hölle fahren. Wenn aber der Vetter, der auf des Teufels Rücken säße, von den Peitschenhieben auch etwas abbekäme, und recht viel, das sei ihr ganz recht, denn sie möchte ihn nun einmal nicht.

Das leuchtete dem Goldschmied ein. Er liebkoste die Kaufmannstochter, und sie versprach ihm, wenn er seine Sache gut mache mit der Peitsche, so wolle sie ihn heiraten. Da küsste er sie nochmals und ging zu seinen Kameraden ins Wirtshaus.

Die anderen beiden saßen schon beim Wein da. Als es gegen elf Uhr hinkam, da trank zuerst der Schneider sein Glas aus, ging stillschweigend auf den Kirchhof und legte sich auf des Bürgermeisters Grab. Bald darauf trank auch der Sattler sein Glas aus und ging ebenfalls stillschweigend nach dem Kirchhof. Da ließ sich der Goldschmied noch eine Halbe Wein kommen, die trank er geschwind aus aufs Wohlsein seiner Schönen, dann nahm er die Peitsche, die er sich bereits heimlich von einem Fuhrmann geborgt und auf den Flur des Wirtshauses hingestellt hatte, und ging auch fort.

Wie er nun mit der Peitsche auf den Kirchhof kommt, hat der Sattler den Schneider schon auf dem Rücken und galoppiert mit ihm an der Mauer entlang. Er war aber noch nicht zum vierten Teile herum, denn in Wien sind die Kirchhöfe groß. Der Sattler und der Schneider haben jeder den anderen für den Teufel gehalten, und darum kann man sich denken, wie sie einander im Laufen und Rennen gezwickt und gepeinigt haben. Da fährt nun auch der Goldschmied mit seiner Peitsche auf sie los, und der Sattler und der Schneider denken nicht anders, als das müsse so sein und gehöre dazu, dass ein Höllengeist mit der Peitsche komme und zu dem Höllenmarsch tüchtig hinten aufhaue.

So galoppiert der Sattler dreimal mit dem Schneider herum, der Goldschmied sitzt ihnen fortwährend mit der Peitsche auf dem Nacken, und beide bekommen von ihm gleich viel Prügel. Ja, wenn ich's aufrichtig sagen soll, so bekam der Schneider noch mehr als der Sattler, denn der musste dem Sattler den Rücken decken, und der Goldschmied dachte: »Es ist genug, wenn ich den armen Burschen vom Teufel befreie.

Eine tüchtige Tracht Prügel ist ihm wohl zu gönnen, wenn er der Kaufmannstochter den Hof gemacht hat.«

Wie nun der Sattler dreimal mit dem Schneider um den Kirchhof herumgelaufen war und der beinahe fürchtete, der Teufel hätte das Abwerfen vergessen und würde nun ohne weiteres mit ihm zur Hölle fahren, da warf der Sattler den Schneider endlich ab, der Goldschmied gab ihnen beiden in diesem Augenblick noch einen Peitschenhieb, und dann liefen der Sattler und der Goldschmied nach entgegengesetzten Seiten hin davon. Der Schneider blieb noch mehrere Stunden auf dem Kirchhof liegen, denn er blutete von den Peitschenhieben. Endlich raffte auch er sich auf und schlich heim. So hatten der Sattler und der Schneider die Liebe zu der schönen Kaufmannstochter gebüßt, denn am nächsten Tag lag der Sattler, der sich mit dem Rennen unter der Last fast für sein Leben lang einen Schaden getan hätte, so gut als der Schneider auf dem Krankenlager.

Der Goldschmied ging am anderen Morgen zuerst zu der schönen Kaufmannstochter. Die ließ sich genau berichten, wie der Teufel mit dem Vetter auf dem Kirchhof herumgetrabt war und wie der Goldschmied auf beide losgehauen hatte, und sie lachte aus vollem Hals, als er gestand, dass ihr Vetter, der dem Teufel den Rücken gedeckt habe, die meisten Schläge bekommen hätte, denn von ihren drei Liebhabern hielt sie den Schneider am wenigsten wert. Den Goldschmied aber küsste und herzte sie wieder und versprach ihm von neuem, dass sie ihn heiraten wolle. Im Stillen hoffte sie, dass der Schneider und der Sattler an den Folgen des Teufelsrittes sterben würden und dass sie so von ihnen befreit wäre.

Der Goldschmied ging von ihr zum Sattler, und da er ihn krank im Bette liegend fand, so setzte er sich zu ihm und vertraute ihm nach einer Weile, dass er sich soeben fest mit der schönen Kaufmannstochter versprochen habe. Da hättet ihr sehen sollen, wie der Sattler auf seinem Schmerzenslager in die

Höhe fuhr! Er sagte dem Freunde jedoch nichts weiter, als dass auch er ihr Liebhaber gewesen sei. Da ging der Goldschmied, der ein ehrenfester Kerl gewesen ist, zu dem Schneider, wunderte sich, als er auch den im Bett fand, setzte sich aber doch ohne viel zu fragen ans Bett und vertraute ihm nach einer Weile, die schöne Kaufmannstochter wolle ihn heiraten, er möge sie aber nicht, weil der Sattler auch ihr Liebhaber gewesen sei. Da hättet ihr nun erst sehen sollen, wie der Schneider in die Höhe fuhr! Er bekannte sogleich, dass er sich am verflossenen Abend auf des Bürgermeisters Grab gelegt habe, um den Teufel zu prellen und die schöne Kaufmannstochter zu retten. Dem Goldschmied waren nun alle Ränke der Kaufmannstochter klar, und er verschwor sich hoch und teuer, sie niemals zu freien, wie sehr es ihm auch sonst zum Glücke gereicht hätte.

Als nun der Sattler und der Schneider wiederhergestellt waren, da gingen sie zu ihrer Erholung an einem wunderschönen Tag mit dem Goldschmied vor dem Tor spazieren, und da stimmte der Schneider wieder das Lied an:

Lauter schöne Leut' sein wir,
lauter schöne Leut' …

Da kam ein anderer Handwerksbursche, ein Schuhmacher, ihnen entgegen, der war gar hässlich von Aussehen und ganz ohne Geld und hatte sich von Hamburg durchgebettelt bis herunter nach Wien. Man konnte es ihm am Gesicht ansehen, dass er ein geriebener Kerl war, und so fragten die drei Gesellen ihn, ob er sich wohl getraue, den König von Marokko vorzustellen. Und wenn es der Kaiser von China wäre, antwortete der hässliche Schuster. Da nehmen sie ihn mit sich und führen ihn zu einem Juden, der leiht ihnen die kostbarsten Kleider, die legen sie dem Schuhmacher an, und der muss sich für den König von Marokko ausgeben und bei dem Kaufmann um dessen Tochter anhalten.

Als nun der Schuster zu dem Kaufmann kam und verkündigte, er sei der König von Marokko, beschaue sich jetzt die Welt und habe dabei die schöne Kaufmannstochter am Fenster sitzen sehen und komme und wolle um sie werben, da war großer Jubel in dem Kaufmannshaus, und die Ladenjungen, die bei dem Kaufmann im Geschäft waren, warfen die Ellen bis an die Decke des hohen Gewölbes empor vor lauter Vergnügen. Die Kaufmannstochter aber schlug den Goldschmied um den König von Marokko sogleich in den Wind. So wurde die Hochzeit gehalten, und auf der Hochzeit war der König von Marokko lauter Holdseligkeit und Lustbarkeit, insonderheit erzählte er viel von seinen Reisen, wie auf der Reise von Zirizziko nach Zimezziko die Schiffe die Cholera bekommen hätten und wie gefährlich, aber auch wie spaßhaft das gewesen sei. Allein nach der Hochzeit kroch der hässliche Schuster aus dem Gewand des Königs von Marokko hervor wie ein Schmetterling aus seiner Puppe.

Als die schöne Kaufmannstochter am Morgen nach der Hochzeit erwachte, saß in der Brautkammer ein Ungeheuer, das hatte eine schwarze, schmierige Leinenschürze vor und hämmerte aus Leibeskräften auf ein Stück Leder. Anfangs rief sie um Hilfe, er aber meinte, sie solle nur ruhig sein und sprach: »Man kann ja nicht immer der König von Marokko sein.« Die schöne Kaufmannstochter sagte zwar: »Wer Pech angreift, besudelt sich« und wollte den Schuster gern wieder los sein, allein er war nun einmal ihr Mann und blieb es, und so waren ihre drei Liebhaber an ihr gerächt: der Sattler, der Schneider und auch der Goldschmied, der ihr Augapfel gewesen war, den sie aber doch immer belogen hatte, so dass er zuletzt seine besten Freunde halb totschlagen musste, und den sie auch sogleich vergessen hatte, als es hieß, da sei der König von Marokko, der wolle sie freien.

Am Morgen nach der Hochzeit zogen der Goldschmied, der Sattler und der Schneider Arm in Arm durch die Straßen

von Wien, und da sangen sie unter den Fenstern der Kaufmannstochter wieder:

Lauter schöne Leut' sein wir,
lauter schöne Leut'.
Wenn wir keine schönen Leut' nicht wären,
so könnten wir kein Geld verzehren.
Lauter schöne Leut' sein wir,
lauter schöne Leut'.

Und da klang vor den anderen die Stimme des Goldschmieds
so hell, dass der schönen Schustersfrau die Tränen von den
Wangen liefen, als sie es hörte. Da bekam sie zum ersten Mal
Buxe, Schläge, mit dem Knieriemen.

Der Schuster saß jetzt recht im Glück drin, der hatte es in
Wien besser getroffen als in Hamburg.

Märchen aus Deutschland

Von dem Mädchen,
das in eine Gans verwandelt wurde

Es war einmal ein Mädchen aus reicher Familie, das liebte einen armen Jüngling. Ihre Eltern wollten aber nichts von dieser Liebe wissen und sprachen deshalb eines Tages im Zorn zu ihr: »Ehe wir dich diesem Bettler geben, sollen er und du und wir alle in Gänse verwandelt werden!« Kaum waren die unbedachten Worte ausgesprochen, so wurden sie auch schon allesamt in Gänse verwandelt und flogen miteinander auf und davon.

Einmal schwammen die beiden Liebenden ruhig auf einem Teich dahin, da sah sie ein Jäger und schoss nach ihnen. Sie flogen beide auf, doch während der Jüngling unverletzt blieb und entkam, wurde das Mädchen getroffen und fiel in das Röhricht am Ufer.

Der Jäger fand die Gans im Schilf. Er hob sie auf, trug sie nach Hause und merkte, sie war nicht tot, nur betäubt. Als er am folgenden Mittag von der Jagd zurückkam, sah er verwundert, dass alles geputzt und aufgeräumt und selbst das Essen gekocht war, doch war niemand im Hause gewesen. Am anderen Tag tat er nur so, als ginge er fort, und spähte heimlich durchs Fenster. Da sah er, wie die Gans sich schüttelte, die Federn abwarf und zu einem schönen Mädchen wurde, das alle Hausarbeit verrichtete. Am nächsten Tag verhielt er sich ebenso, doch als sie ihre Menschengestalt annahm, sprang er hinzu und hielt die sich Sträubende fest. Ihr Federkleid verschloss er in eine Truhe, da konnte sie nicht mehr zurück in ihre Tiergestalt und heiratete ihn. Das war im Sommer.

Als die wilden Gänse im Herbst gen Süden zogen, saß sie an manchen Tagen vor der Tür, während der Jäger schlummerte, den Kopf in ihren Schoß gebettet. Auf einmal flogen hoch am Himmel zwei Gänse vorüber, das waren ihre Schwestern, die riefen:

»Liebe Schwester, leg dein Federkleid an!
Verlass deinen Mann!
Lass uns nicht allein
gen Süden ziehen!«

Sie rief ihnen zu:

»Fliegt mit Gott, fliegt mit Gott!
Ich kann nicht mit euch ziehen!«

Da kamen zwei andere Gänse geflogen, das waren ihre Brüder, die riefen:

»Liebe Schwester, leg dein Federkleid an!
Verlass deinen Mann!
Lass uns nicht allein
gen Süden ziehen!«

Da rief sie wie zuvor:

»Fliegt mit Gott, fliegt mit Gott!
Ich kann nicht mit euch ziehen!«

Wieder kamen zwei Gänse geflogen, das waren ihre Eltern, die riefen:

»Liebe Tochter, leg dein Federkleid an!
Verlass deinen Mann!
Lass uns nicht allein
gen Süden ziehen!«

Und noch einmal rief sie:

»Fliegt mit Gott, fliegt mit Gott!
Ich kann nicht mit euch ziehen!«

Zuletzt kam ein Gänserich geflogen, allein, das war ihr Liebster, der klagte und rief:

»Meine Liebste seh' ich sitzen,
sie liebkost ihren Mann.
Schnell, Liebste, leg dein Federkleid an!
Lass uns gemeinsam gen Süden fliehen!«

Da bettete sie den Kopf ihres Mannes behutsam auf die Erde und stand vorsichtig auf. Sie ging ins Haus, öffnete die verschlossene Truhe und nahm ihr Federkleid heraus. Dann legte sie es an, flog zu ihrem Liebsten in die Wolken hinauf und flog mit ihm gen Süden davon …

Märchen aus Deutschland

Der tote Geliebte

Vor vielen Jahren hatte der Stamm der Tschale einen reichen Häuptling namens Korindo, der auf seinen großen Reichtum ebenso stolz war wie auf die Schönheit seiner einzigen Tochter Mariussa. Viele Männer des Stammes hatten sich in das Mädchen verliebt, waren zu Korindo gegangen und hatten sie zur Frau verlangt. Dem Vater war jedoch keiner gut genug gewesen, und eines Tages erklärte er auf einer allgemeinen Versammlung sogar, er wolle Mariussa überhaupt keinem Zigeuner zur Frau geben. Diese Rede stürzte nicht nur Mariussa, sondern auch Jarko, ihren Geliebten, in tiefste Verzweiflung, denn Jarko liebte die Tochter seines Häuptlings mehr als sein Leben. Als Mariussa in der folgenden Nacht heimlich ihr Zelt verließ und Jarko am Waldrand traf, wo dieser die Pferde des Stammes hütete, weinten sie beide. Sie wussten nicht, was sie tun sollten, und konnten einander nicht trösten. Unterdessen hatte Korindo die Abwesenheit seiner Tochter bemerkt und seine beiden Söhne ausgeschickt, um das Mädchen zu suchen. Die eifersüchtigen Brüder fanden die Schwester bald in den Armen ihres Geliebten. Sie konnte ihnen entfliehen und lief voller Angst davon, über Jarko aber fielen die beiden wütend her, erschlugen ihn und begruben ihn heimlich am Waldrand. Dann stachen sie das Lieblingspferd des Häuptlings nieder und verscharrten es zu Füßen des Leichnams.

Als sie in das Zelt ihres Vaters zurückkehrten, erzählten sie, Jarko sei aus Furcht vor dem Zorn des Häuptlings in wilder Flucht davongeritten und werde sich wohl nie mehr in die Nähe seines Stammes wagen. Wieder weinte Mariussa bittere Tränen um ihrer Liebe willen und wurde krank aus Kummer und Sorge um das Schicksal ihres geflohenen Geliebten.

Einige Monate waren seither vergangen. Der Stamm war weitergezogen, und von Jarko, von dem alle glaubten, er ziehe ruhelos durch die Welt, hatte niemand irgendetwas vernommen.

Da geschah es, dass Mariussa einmal nicht schlafen konnte. Mitten in der Nacht stand sie auf, ging hinaus vor das Zelt und setzte sich an den Bachrand. Voll Trauer und Sehnsucht dachte sie an ihren verschollenen Geliebten und wünschte aus tiefstem Herzen: »Ach, wenn ich ihn doch noch einmal wiedersehen könnte, sei es lebendig oder tot!« Da hörte sie in der Ferne Pferdegetrappel, das näher und näher kam, und erblickte vor sich auf einmal ein weißes Ross und darauf ihren Geliebten. Seine Kleider waren blutbesprengt, sein Haar und Antlitz weiß von Reif. Überglücklich sprang Mariussa zu ihm in den Sattel hinauf, küsste ihm den Reif von Stirn und Wangen und nahm seine eiskalten Hände zärtlich in die ihren, um sie zu wärmen. Während das Pferd mit ihnen in die dunkle Nacht davonsprengte, flüsterte Jarko seiner Geliebten zu: »Der Reif auf meinem Haar, das sind deine Tränen, meine Mariussa, die mich wie glühende Kohlen brennen.«

An einem offenen Grab blieb das Pferd stehen. Jarko stieg mit seiner Geliebten in die Grube hinab, und während Mariussa, die Lebende, ihren toten Geliebten herzte und küsste und sie einander umschlangen, lag das weiße Pferd reglos zu ihren Füßen. Als der Morgen graute und die Vögel im Wald erwachten und zu singen begannen, sprach Jarko zu seiner Geliebten: »Steh nun auf und geh zurück zu den Deinen! Ich muss in meinem Grab bleiben und kann nicht fort, denn deine Brüder haben mein Herz durchbohrt.« Da lief Mariussa, von grausem Schrecken erfüllt, davon, und Jarko rief ihr nach: »Weine nie mehr um mich, meine Geliebte, denn deine bitteren Tränen brennen mich wie glühende Kohle; deine Freude aber, dein Lachen, dein Glück füllen meine düstere Gruft mit Rosen und süßem Rosenduft.« Kaum war das letzte Wort verklungen, sank er zurück in sein Grab, und die Erde schloss sich über ihm.

Einige Zeit verging, da fühlte Mariussa sich schwanger und brachte nach neun Monaten kein Kind, sondern einen Stein zur Welt. Der Stein hob sich in die Luft und flog windesschnell und schwerelos, einem Vogel gleich, in das nächste Zelt und von dort in ein zweites und drittes, so lange, bis er auf die beiden Söhne des Häuptlings traf. Er verletzte sie schwer am Kopf, sie stürzten zu Boden und starben.

Danach war der Stein verschwunden, und Mariussa wurde tot auf ihrem Lager gefunden.

Märchen der siebenbürgischen Zigeuner

Von dem Mädchen,
das sich in ein Pferd verliebte

Es war einmal ein Mädchen, das lebte zusammen mit ihren Brüdern, sie lebte zusammen mit ihren Brüdern und Vater und Mutter, und sie lebten auf dem Land. Eines Tages ging das Mädchen hinaus ins Veld[1] und suchte Beeren, und während sie im Veld herumging, begegnete ihr ein Pferd, und es war ein prächtiges Pferd. Da verliebte sich das Mädchen in das Pferd, und das Pferd verliebte sich in das Mädchen, und die beiden waren sehr glücklich miteinander.

Jeden Tag bereitete das Mädchen zu Hause nun Essen, und dann nahm sie das Essen und lief damit ins Veld. Und wenn sie in die Gegend kam, in der sich das Pferd aufhielt, rief sie es bei seinem Namen und sang:

»Higerite, Higerite! Wo bist du?
Komm her, Higerite, komm her!«

Und wenn das Pferd hörte, dass sie so sang, stürmte es herbei, war es auch noch so weit entfernt: Sobald das Pferd das Mädchen hörte, kam es gelaufen, und die beiden blieben beieinander. Sie blieben beieinander, und das Pferd legte seinen Kopf in ihren Schoß, und es aß das Essen, und danach kehrte das Mädchen nach Hause zurück. Und immer wieder machte das Mädchen es so: Sie nahm das Essen und lief ins Veld und sang:

»Higerite, Higerite! Wo bist du?
Komm her, Higerite, komm her!«

Und sobald sie so sang, stürmte das Pferd herbei, und sie blieben beieinander ...

Allmählich wurden die Brüder des Mädchens argwöhnisch und grübelten: »Warum läuft unsere Schwester so oft ins Veld? Da muss etwas sein! Wir müssen herausfinden, was es ist!« Und als ihre Schwester sich wieder einmal auf den Weg machte, schlichen sie ihr heimlich nach, und als die Schwester zu singen begann, sahen sie, wie das Pferd herbeigelaufen kam und sie ihm das Essen gab. Da wurden die Brüder zornig, und als die Schwester heimgegangen war, packten sie ihre Wurfspeere und stachen das Pferd tot.

Am nächsten Tag lief das Mädchen wieder mit dem Essen ins Veld und sang:

»Higerite, Higerite! Wo bist du?
Komm her, Higerite, komm her!«

Aber das Pferd kam nicht. Das Mädchen sang und sang, aber das Pferd kam nicht wieder gelaufen. Da erkannte sie, was geschehen war, und sie weinte und weinte und kehrte bitterlich weinend nach Hause zurück.

Märchen der Damara aus Namibia

»Das sind bloß Dinge von dieser Welt!«

Es war einmal ein junges Mädchen, das ging zu einem Tanzvergnügen. Dort lernte sie einen jungen Mann kennen und war gleich so sehr in ihn verliebt, dass sie ihn so bald wie möglich heiraten wollte. Die Familie hatte erst Bedenken und warnte das Mädchen, es sollte nichts überstürzen und sich Zeit lassen, aber weil die jungen Leute beide so drängten, stimmten die Eltern schließlich zu, und die Hochzeit wurde gefeiert.

Wie es üblich ist, folgte die junge Frau ihrem Bräutigam in sein Heimatdorf. Ihre Habe wurde auf eine Eselskarre geladen, und weil die beiden recht bald in seinem Dorf ankommen wollten, fuhren sie in die Nacht hinein. Sie fuhren und fuhren …

Als die ersten Schimmer der Dämmerung aufkamen, fiel der Hut des Mannes herab und wurde auf den Weg geweht. Da rief die Frau: »Mann, Mann, halt an! Dein Hut ist heruntergefallen, wir müssen ihn aufheben!« Aber der Mann sagte nur: »Ach, das sind bloß Dinge von dieser Welt!« und ließ die Esel weiterlaufen.

Sie fuhren und fuhren, da fiel auf einmal die Jacke des Mannes herunter. »Mann, Mann, halt an!« rief die junge Frau, »deine Jacke ist heruntergefallen, wir müssen sie holen!« Aber wieder machte der Mann keine Anstalten, die Esel anzuhalten, und brummte nur: »Ach, das sind bloß Dinge von dieser Welt!« Da wunderte sich die Frau und dachte: »Was ist denn das? Warum hebt er die Jacke nicht auf?«, doch sie getraute sich nicht, ihren Mann danach zu fragen.

Sie fuhren und fuhren, da wehte auf einmal das Hemd des Mannes davon. »Mann, Mann, halt an, dein Hemd ist weggeweht! Halt an!« rief die junge Frau, aber auch diesmal kümmerte der Mann sich nicht darum und murmelte wieder nur: »Ach, das sind bloß Dinge von dieser Welt!« und fuhr weiter. »Oh!« dachte die junge Frau. Sie bekam Angst, und ihr Herz klopfte stärker und stärker.

Die Dämmerung nahm zu, und sie fuhren und fuhren. Da fielen dem Mann die Schuhe von den Füßen. »Mann, Mann, halt an! Deine Schuhe sind heruntergefallen!«

»Ach, das sind bloß Dinge von dieser Welt!«

Und sie fuhren und fuhren …

»Mann, Mann, halt an! Deine Hose ist heruntergefallen!«

»Ach, das sind bloß Dinge von dieser Welt!«

Sie fuhren und fuhren und kamen zu einer Hütte und legten sich schlafen. Die Frau war todmüde und schlief tief und fest. Sie erwachte, als es heller Tag war. Da schaute sie um sich und sah, sie war allein und lag auf der harten Erde. Als sie genauer hinsah, erkannte sie, dass es ein Grab war, auf dem sie lag. Der, den sie geheiratet hatte, war kein Lebender gewesen, sondern ein Totengeist, und der Totengeist hatte sie zu seinem Grab gebracht, denn auf dem Grabstein stand sein Name … Alles war ein Spuk gewesen …

Märchen der Damara aus Namibia

Von der jungen Frau, die alle Freier abwies

In früherer Zeit gab es eine junge Frau, die wies alle Freier ab. Das ging so lange, bis eines Tages ein Schwein aus dem Busch kam, sich in einen schönen jungen Mann verwandelte und zu ihr sagte: »Ich möchte Euch heiraten.« Der schöne Mann gefiel der jungen Frau. »Oh«, antwortete sie, »ich liebe kräftige Männer wie Euch, gut gekleidete Männer mit vollem Haar, die keine Schwächlinge sind«, und sie willigte ein.

Am Abend sagte der Mann zu seinen Schwiegerverwandten: »Nun zeigt mir, wo ich ein Feld anlegen soll.« Da antworteten sie: »Wo Ihr das Feld anlegen sollt, das ist dort im Busch. Wir werden es Euch zeigen.« Sie gingen mit ihm in den Busch, deuteten auf verschiedene Stellen und sagten: »Hier, hier und hier könntet Ihr Felder anlegen.« Darauf sagte er: »Ich habe verstanden«, und sie gingen gemeinsam heim.

Am nächsten Morgen machte sich der Mann auf und ging allein in den Busch. Er nahm Messer und Axt mit. Als er an Ort und Stelle angekommen war, fing er an zu singen:

»Grabe aus, grabe aus,
grabe die leckeren *mingoko*-Wurzeln aus.
Meine Mutter hat mir die Ranken gezeigt,
die blattlos sind.
Mein Vater hat mir den Wald gezeigt,
wo die *mingoko*-Wurzeln sind.

Grabe aus, grabe aus,
grabe die leckeren *mingoko*-Wurzeln aus!«

Dann ging er hin, grub mingoko-Wurzeln aus und aß sie auf. Er grub und grub und aß und aß: Das war seine Art, zu roden und den Boden zu bereiten! Um zwölf Uhr mittags machte er Rast und hatte noch keinen einzigen Baum gefällt. Um zwei Uhr sang er wieder:

>Grabe aus, grabe aus,
grabe die leckeren mingoko-Wurzeln aus …!«

Und er grub im Boden tirí tirí tirí tirí tirí … Um sechs Uhr kehrte er nach Hause zurück und sagte: »Ouh! Das war eine anstrengende Arbeit!« Und er legte sich schlafen. Am nächsten Morgen brach er früh auf und nahm seine Äxte mit. Er ging, er kam an, gojo! Er zog seine Kleider aus, warf sie auf den Boden und sang:

>Grabe aus, grabe aus,
grabe die leckeren *mingoko*-Wurzeln aus.
Meine Mutter hat mir die Ranken gezeigt,
die blattlos sind.
Mein Vater hat mir den Wald gezeigt,
wo die *mingoko*-Wurzeln sind.
Grabe aus, grabe aus,
grabe die leckeren *mingoko*-Wurzeln aus!«

Und er grub eine Menge Wurzeln aus. Um zwölf Uhr machte er Rast und aß die leckeren mingoko-Wurzeln auf. Er aß sie alle auf. Dann sang er sein Lied noch einmal und grub tirí tirí tirí tirí tirí weiter nach den mingoko-Wurzeln. Er grub eine große Menge Wurzeln aus und aß sie alle auf. So machte er es jeden Tag wieder.

Einmal sagte sein Schwager zu ihm: »Bitte, ich möchte Euch in den Busch begleiten.« Der Mann antwortete aber: »Ich habe dich nicht eingeladen. Du kannst nicht einfach so mit mir kommen.«

»Bitte! Ich möchte gern sehen, wie du arbeitest!«

»Nein, das geht nicht!«

Am nächsten Morgen ging der Schwager dem Mann seiner Schwester heimlich nach und beobachtete, was der im Busch tat: »Er zieht sein Hemd und alle Kleider aus. Warum tut er das?« Der Schwager sah, wie der Mann das Hemd und die übrigen Kleider auf den Boden warf und seine Schweinsgestalt annahm. Er hörte, wie er dabei sang:

»Grabe aus, grabe aus,
grabe die leckeren *mingoko*-Wurzeln aus.
Meine Mutter hat mir die Ranken gezeigt,
die blattlos sind.
Mein Vater hat mir den Wald gezeigt,
wo die *mingoko*-Wurzeln sind.
Grabe aus, grabe aus,
grabe die leckeren *mingoko*-Wurzeln aus!«

Da ging der Schwager nach Hause und berichtete seinen Verwandten, was er im Busch gesehen hatte: »Der Mann unserer Schwester ist in Wahrheit ein Schwein! Ich will meine Vorbereitungen treffen und sein Geheimnis aufdecken.«

Als der Mann heimkam, kochte seine Frau das Abendessen, und er aß. Da begann der Schwager zu singen:

»Grabe aus, grabe aus,
grabe die leckeren *mingoko*-Wurzeln aus ...«

Der Mann rief: »*Amamama*, Mann, sing doch nicht so was! Was ist denn das für ein Lied, das du da singst!«

»Lass mich nur singen!« sagte der Schwager und sang weiter:

»Meine Mutter hat mir die Ranken gezeigt,
die blattlos sind.
Mein Vater hat mir den Wald gezeigt,
wo die *mingoko*-Wurzeln sind ...!«

»A'aaa, Schwager, mach nicht so was, Mann! Das ist kein Lied,
das man singen darf!« Oho, da erscheint schon der Schweine-
schwanz! Der Schwager singt das Lied zu Ende:

»Grabe aus, grabe aus,
grabe die leckeren mingoko-Wurzeln aus!«

Oho, oho! Der Mann hat sich nun vollends in ein Schwein verwandelt und rennt davon, *pepepepepe* rennt er als Schwein
davon. »Siehst du, meine Schwester«, sagt der Bruder, »das
kommt davon, dass du alle anderen Männer abgewiesen hast,
siehst du? Dieses Wesen, das weggerannt ist, was für ein Tier
war das? Es war ein Schwein! Es hat sich in einen schönen
Mann verwandelt, um dir zu gefallen und von dir geheiratet zu
werden.«

Das geschah in früherer Zeit.
Die Geschichte ist zu Ende, *kantendeletendele*.

Märchen der Mwera aus Tansania

Die Pavianfrau

$\mathcal{I}$n früheren Zeiten lebte ein Mann, und der Mann lebte ohne Frau. Eines Tages sprach er zu sich: »Ich will eine Netzfalle aufstellen.« Er ging hin, stellte die Netzfalle auf und *tanji tanji* verfing sich ein junges Pavianweibchen darin. Der Mann fand das Pavianweibchen in seiner Falle und überlegte: »Was soll ich tun …? Ich werde ihr den Schwanz abhacken!« *Ka!*, er hackte ihr den Schwanz ab. Dann ging er ins Haus und holte Frauenkleider, die er früher einmal gekauft hatte. Er zog ihr die Kleider an und verknotete sie über ihrer Brust. Da richtete die Pavianin sich auf, *njoo njoo njo njo*, und er gab ihr einen Namen: »Ihr sollt Fatuma heißen.«

»Danke«, antwortete Fatuma.

Der Name des Mannes war Kabundebunde. Er war ein tüchtiger Bauer. Kabundebunde ging mit der Pavianin aufs Feld und zeigte ihr, dass es reichlich Nahrung gab. Nach einigen Tagen sagte Kabundebunde zu seiner Frau: »Geht aufs Feld, Frau, und haltet dort Wache. Sonst kommen die Paviane und plündern es.« Er war sicher, dass sie sich jetzt für einen Menschen hielt und ihre Verwandten, die Paviane, nicht mehr erkannte.

Die Frau ging aufs Feld, um die Paviane zu verjagen. Sie sah die Tiere und dachte: »Kabundebunde hat mich zu sich genommen. Ich bin jetzt jemand von Bedeutung!« Auf einmal erkannte sie unter den Pavianen ihre Mutter, den Bruder ihrer Mutter und das Kind ihrer Schwester. Da sprach sie zu sich: »Kabundebunde hat zu mir gesagt, meine Familie soll nicht essen. Warum eigentlich nicht? Ich will sie rufen. Ah, sie haben Angst vor mir und kommen nicht, weil sie mich in Kleidern sehen. Ich will ein Lied singen:

Ngo ngo ngo, ihr Paviane, kommt her!
Lasst uns die Nahrung essen!
Ngo ngo ngo, ihr Paviane, kommt her!
Lasst uns die Nahrung essen!«

Die Paviane schnatterten: »*Ngongongu ngongongu ngongo*!«
Fatuma sang ihr Lied noch einmal, da riefen die Paviane:

»Wer hat die Sorghumhirse gepflanzt?«
Sie antwortete:
»Kabundebunde hat sie gepflanzt, Kabundebunde.«
Und weiter ging das Fragen und Antworten:
»Wer hat den Reis gepflanzt?«
»Kabundebunde hat ihn gepflanzt, Kabundebunde.«
»Wer hat die Kürbisse gepflanzt?«
»Kabundebunde hat sie gepflanzt, Kabundebunde.«
»Wer hat die Kolbenhirse gepflanzt?«
»Kabundebunde hat sie gepflanzt, Kabundebunde.«

Die Paviane kamen gelaufen. Das Feld wimmelte von ihnen.
Sie aßen Hirse und Reis und Kürbisse. Sie aßen und aßen, bis
sie genug hatten. Dann sagten sie zu Fatuma: »Du bist unser
Kind«. Und sie baten: »Sei ehrerbietig zu deinem Mann,
damit er nichts merkt und wir uns weiter auf seinem Feld
gütlich tun können.« Fatuma schickte ihre Familie weg und
sagte: »Geht jetzt! Es könnte sein, dass Kabundebunde gleich
hierherkommt!« *To*, die Paviane verschwanden. Da kehrte
Fatuma nach Hause zurück. Sie sagte zu ihrem Mann: »Die
Paviane waren unverschämt und frech. Sie fielen über das
Feld her, diese Schmarotzer, und es waren so viele, dass ich sie
nur mit Mühe verjagen konnte.« Da freute sich
Kabundebunde und ermunterte seine Frau: »Macht weiter so,
Frau! Vielleicht wird uns dann wenigstens die Hälfte der
Ernte bleiben.«

Es wurde wieder Tag, und die junge Frau ging erneut aufs Feld. Als sie sah, dass alles ruhig war und kein Pavian sich zeigte, fing sie wieder an zu rufen:

»*Ngo ngo ngo*, ihr Paviane, kommt her!
Lasst uns die Nahrung essen!
Ngo ngo ngo, ihr Paviane, kommt her!
Lasst uns die Nahrung essen!«

Da riefen die Paviane ihr zu:
»Wer hat die Sorghumhirse gepflanzt?«
Und sie rief zurück:
»Kabundebunde hat sie gepflanzt, Kabundebunde.«
Und weiter ging es mit Fragen und Antworten:
»Wer hat den Reis gepflanzt?«
»Kabundebunde hat ihn gepflanzt, Kabundebunde.«
»Wer hat die Gurken gepflanzt?«
»Kabundebunde hat sie gepflanzt, Kabundebunde.«
»Wer hat das wilde Zuckerrohr gepflanzt?«
»Kabundebunde hat es gepflanzt, Kabundebunde.«

Die Paviane kamen aufs Feld gesprungen und fraßen und fraßen. Sie fraßen sich satt, sie dösten in der Sonne, und sie bedankten sich bei Fatuma: »Wenn du nicht wärst, du, unsere Tochter, du, unsere Schwester, dann müssten wir Hunger leiden. Denn die wilden Pflanzen im Busch, die unsere Nahrung sind, die *anja* und die *mangulúngulu*, sind alle aufgegessen.« Da antwortete Fatuma: »Macht euch keine Sorgen! Solange mich Kabundebunde herschickt, um Wache zu halten, werdet ihr zu essen haben. Wenn alles aufgezehrt ist und ich zu Hause bleiben muss, weil er Schwierigkeiten macht, gebe ich euch Bescheid. Dann sollt ihr mir meinen Pavianschwanz zurückbringen.« Die Paviane versprachen es, und sie kamen immer wieder aufs Feld und schlugen sich die Bäuche voll.

Eines Tages sagten sie zu Fatuma: »Es wird Zeit, dass du mit deinem Mann Streit anfängst und zu uns zurückkehrst. Du bist unser Kind. Sag ihm morgen die Wahrheit über das, was sich auf seinem Feld abspielt.« Fatuma antwortete: »Ja, das tue ich. Macht euch keine Sorgen!« Sie sammelte Vorräte für ihre Familie und drosch Reis und grub Maniokwurzeln aus. Sie gab dem Bruder ihrer Mutter alles mit und sagte: »Das ist für später. Ich gehe jetzt und fange Streit mit meinem Mann an.«

Sie kehrte nach Hause zurück und sagte zu ihrem Mann: »Ich will nicht mehr aufs Feld gehen und Wache halten! Nehmt Pfeil und Bogen und geht selbst! Gebt mir die Scheidung und schickt mich dahin zurück, wo ich herstamme. Ich bin eine Frau ohne Wert.« Da antwortete ihr Mann: »Kennt Ihr Euer Zuhause denn? Als Ihr zu mir gekommen seid, wart Ihr noch sehr, sehr jung. Kennt Ihr Eure Mutter, kennt Ihr sie? Oder sonst jemanden von Eurer Familie? Kennt Ihr Eure Mutter, kennt Ihr Euren Vater? Wisst Ihr, ob sie noch leben? Wenn Ihr nicht mehr auf das Feld gehen wollt, um es zu bewachen, werden wir wilde *angai*-Wurzeln ausgraben, wenn unsere Nahrung aufgebraucht ist.« Er gab ihr die Scheidung nicht und schickte sie nicht zu den Pavianen zurück. Da war sie enttäuscht und musste weiter Wache halten.

Der Morgen dämmerte. Fatuma ging aufs Feld und sang ihr altes Lied:

> »*Ngo ngo ngo*, ihr Paviane, kommt her!
> Lasst uns die Nahrung essen!
> *Ngo ngo ngo*, ihr Paviane, kommt her!
> Lasst uns die Nahrung essen!«

Die Paviane sprangen herbei. Diesmal fragten sie nicht, wer gepflanzt hatte. Sie fragten: »Wie steht es zu Hause? Wie steht es mit dem Herrn Kabundebunde?« Fatuma antwortete: »Er hat gesagt, ich kenne meine Mutter nicht, noch sonst irgend jemanden von meiner Familie. Er lässt mich nicht gehen.« Da sagten die Paviane: »Wenn du zu uns zurückkehren willst, brauchst du den Schwanz, den er dir abgehackt hat. Wir wissen, wo er ist. Wir wollen ihn herrufen:

Yeyeyeyeye yeyeyeyeye,
gib der, die uns hilft, ihren Schwanz zurück,
die uns hilft, das Seine zu essen
die uns hilft, das Seine zu essen!«

Und wer brachte den Pavianschwanz, wer brachte ihn? Es war der Bruder der Mutter, der Fatumas Schwanz brachte! Da riefen die Paviane:

»Yeyeyeyeye yeyeyeyeye,
wir wollen dir deinen Schwanz geben,
die du uns hilfst, das Seine zu essen,
die du uns hilfst, das Seine zu essen!«

Als der Bruder der Mutter mit dem Pavianschwanz kam, herrschte große Freude. Wer eine Trommel hatte, der schlug sie *pentepentepente,* und *kwekweee* machten die Trillerpfeifen. Es war wie bei einem Fest. Fatuma zog ihre Kleider aus und stand da wie ein Pavian. Sie beugte sich vor, und der Bruder der Mutter heftete ihr den Pavianschwanz an, *totome!*

Kabundebunde war seiner Frau heimlich gefolgt und beobachtete alles. »Oooooh! Ahaaa! Sie verlässt mich und geht weg!« Er fing an zu weinen. Die Paviane schoben Fatuma vor sich her und nahmen sie mit sich fort.

Kabundebunde aber blieb allein zurück und weinte und weinte.

Kantendeletendele, das ist das Ende der Geschichte.

Märchen der Mwera aus Tansania

Der Müller und die Wölfin

Es war einmal ein Graf, der besaß eine Mühle, in der es nicht mit rechten Dingen zuging. Niemand getraute sich, dort zu verweilen, denn allnächtlich suchte ein Wolf die Mühle heim und fraß jeden auf, den er dort antraf. Endlich kam es so weit, dass der Graf bekanntmachen ließ: »Wer es wagt, einmal in der Mühle zu übernachten, dem soll sie auch gehören.«

Da berieten drei Brüder untereinander, wer wohl das Wagnis auf sich nehmen wolle, und der Jüngste machte sich immer mehr mit dem Gedanken vertraut, das Wagnis zu versuchen.

In der Mühle nahm er ein paar Bretter und legte sie als Zwischenboden auf das Durchzugsgebälke. Hierauf entfachte er ein Feuer und wärmte sich. Da bemerkte er, wie sich ein Wolf der Mühle näherte. Schnell rückte er eine Hobelbank an das Feuer und stieg hurtig auf die Bretter hinaus. In dem Augenblick war auch schon eine Wölfin da und durchsuchte die ganze Mühle, ohne irgend jemanden zu finden. Zuletzt trat sie ans Feuer, legte ihren Pelz ab, und siehe da: Die Wölfin verwandelte sich in ein Mädchen von großem Liebreiz. Sie wärmte sich noch ein wenig, wurde dann aber schläfrig und schlummerte ein.

Der Junge hatte alles unbemerkt gesehen, nun verließ er sein Versteck, schlich sich heran, nahm das Fell und nagelte es mit drei Nägeln unter der Mühle an. Er war ganz vergnügt, dass er es statt mit einem Wolfe mit dem schönen Mädchen zu tun hatte, fürchtete sich auch durchaus nicht vor ihr und weckte sie auf. Sofort wollte sie nach ihrem Pelz greifen. Als sie ihn nicht fand, ergriff sie den Jungen bei der Hand und wollte ihn schlagen. Er erkannte ihre Absicht und sagte ganz fröhlich: »So ein Weibsbild hat Gott noch nicht erschaffen, das mich durchprügeln würde!« Hierauf verlegte sie sich aufs Bitten, er möge ihr doch den Pelz zurückgeben, aber alle ihre Reden waren fruchtlos. Zum Schluss drohte sie, es werde ihm schlimm ergehen, wenn sie wiederum den Pelz auffinden sollte.

Von da ab verließ sie die Mühle nicht mehr. Die beiden heirateten schließlich und lebten eine Zeit in glücklicher Ehe, aus welcher ein Kind entspross.

Einmal verließ der Mann das Haus, und in seiner Abwesenheit fand sie ihren Pelz unter der Mühle und zog ihn an. Gleich verwandelte sie sich wieder in eine Wölfin und suchte das Weite.

Alsbald kehrte der Mann nach Haus zurück, fand sein Kind weinend und fragte, was ihm fehle. Antwortete es, die Mutter habe plötzlich das Haus verlassen. Der Mann ging sogleich unter die Mühle nachschauen, sah den Pelz nicht mehr und wusste, wieviel es geschlagen. Er fürchtete sich und nahm sein Gewehr zur Hand, aber er ging auf die Suche nach seiner Wölfin. Tief betrübt blieb er an einer Kreuzung stehen und wusste nicht mehr weiter. Da begegnete ihm ein fremder Mann, der fragte ihn teilnahmsvoll, warum er so traurig sei, woher er komme und was er hier suche. Der Müller erzählte ihm alles. Der Fremde sprach: »Ich will dir helfen. Ich bin der Wolfshirt und werde alle Wölfe hierher entbieten. Wenn du deine Frau aus der Menge herausfindest, ist es gut. Wenn nicht, so ist es um dich getan.«

Da blies der Wolfshirt in sein Horn, und es erschienen alle Wölfe, die in dem ganzen Gebiet lebten. Der Wolfshirt fragte ihn streng: »Ist deine Frau hier? Kannst du sie herausfinden?«

»Freilich«, sagte der Müller, »die Wölfin dort hinten, das ist sie.« Hierauf nahm der Wolfshirt den Pelz der Wölfin an sich. Der Mann führte seine Frau nach Haus, und sie lebten von da an noch viele Jahre in Glück und Frieden.

Märchen der Südslaven

Die Frau auf dem Bild

Vor vielen, vielen Jahren lebte einmal ein Ehepaar, das sich in großer Liebe zugetan war. Die Frau war wunderschön, und der Mann war von ihrer Schönheit so bezaubert, dass er sie den ganzen langen Tag immer nur anschauen wollte und keiner Arbeit mehr nachging.

Die Frau sah sich diesen Zustand eine Weile an, dann aber sprach sie: »Lieber Mann, so geht das nicht weiter! Wenn du nicht arbeitest, werden wir bald nichts mehr zu essen haben. Ich will dir ein Abbild von mir auf ein Stück Papier malen, das nimm und geh aufs Feld zur Arbeit! Wenn du mich sehen willst, dann wirf einen Blick auf das Bildnis, das sollte dir genug sein, bis du am Abend wieder heimkommst.« Die Frau tat, wie sie gesagt hatte, und der Mann nahm das Bild an sich und ging endlich wieder hinaus aufs Feld. Oft zog er das Bildnis seiner Liebsten hervor und betrachtete es, seufzte ein wenig und fuhr dann in seiner Tätigkeit fort.

Eines Tages aber begab sich Folgendes: Der verliebte Mann hatte wieder einmal das Papier mit dem Antlitz seiner Frau hervorgezogen und schaute es verträumt an, da fuhr plötzlich ein starker Windstoß über ihn hin, riss ihm das Bild aus den Händen, wirbelte es in die Höhe und nahm es mit sich. Der Mann mochte schreien und jammern, das teure Bild war verloren. Betrübt schlich er nach Hause und erzählte von dem Missgeschick. Seine Frau tröstete ihn und meinte: »So beruhige dich doch! Ich male dir ein neues Bild, dann ist alles wieder beim alten.« Und die beiden gingen friedlich ihren Pflichten im Haus nach.

Wie es das Geschick aber bestimmt hatte, so erfüllte es sich auch: Das Bild der wunderbar schönen Frau war vom Wind übers Land getragen worden und endlich im Nachbardorf im

Garten des dortigen mächtigen Lokalherren zur Ruhe gekommen. Der *aji* ging gerade im Freien spazieren, er hob das hergewehte Stück Papier auf und hatte das Bildnis kaum erblickt, als er auch schon von heftiger Liebe zu der schönen Frau ergriffen wurde. Er rief seine Gefolgsleute zusammen, zeigte ihnen das Bild und sprach: »Macht euch auf und forscht heraus, wer sie ist. Und wenn ihr sie gefunden habt, dann bringt sie her zu mir!«

Die Männer hörten den Befehl ihres Herrn, sie schwärmten aus in alle Himmelsrichtungen und suchten in den Häusern und Wohnungen. Sie kamen auch in das Dorf, in dem die schöne Frau lebte, und da sie meinten, eine Frau von so seltener Schönheit könne nur in einem vornehmen Haus wohnen, fragten sie zuerst in den großen Anwesen nach, aber dort fanden sie die Gesuchte nicht. Da waren die ausgeschickten Knechte ratlos. Schon wollten sie ihre Erkundung abbrechen, da fiel ihnen eine ärmliche Hütte am Rande des Dorfes ins Auge. Ihr Anführer sagte: »Dort wird die Schöne sicherlich nicht wohnen, aber lasst uns auch in diesem Häuschen nachsehen, dann kann uns der *aji* nicht der Nachlässigkeit zeihen!«

Klirrenden Schrittes gingen die Männer zu der bescheidenen Wohnung. Sie stießen die Tür auf, und dort saß im Raume, von allem nichts ahnend, die Gesuchte bei ihrem Mann. Der Hauptmann wandte sich zu den beiden und sprach: »Wir haben von unserem gnädigen Herrn den Befehl, die Frau zu ihm in sein Haus zu bringen. So komm denn, du Schöne!«

Die Frau wehrte sich. Wie sollte sie auch verstehen, dass man sie aus ihrem Heim reißen wollte? Die Gefolgsleute gehorchten aber allein dem Auftrag ihres Herrn. Sie führten die Weinende mit Gewalt weg von ihrem Mann und ihrem Haus und brachten sie zum Anwesen des *aji*. Der Edelmann erblickte die schöne Frau, die noch viel lieblicher war, als ihr Bild versprochen hatte, und war hocherfreut. Er nahm die Geraubte bei der Hand und führte sie in ein prächtiges Gemach. »Du Schöne«, sprach er zu ihr, »du sollst meine Herzallerliebste sein« und wollte mit ihr scherzen. Sie aber trocknete ihre Tränen und sah ihn traurig an. Seit dieser Stunde sprach sie niemals wieder ein Wort. Stumm und in sich gekehrt saß sie, in herrliche Seiden gehüllt, in ihrem Zimmer. Niemand hörte je ihre Stimme, geschweige denn ihr Lachen.

Der *aji* dachte bei sich: »Sie trauert ihrem Ehemann nach. Ich will sie mit allen Mitteln aufheitern, dann vergisst sie ihr vormaliges Leben.«

Wieder rief er seine Vasallen zu sich. Diesmal befahl er ihnen, vor der schönen Frau zu tanzen und ihr lustige Geschichten zu erzählen, aber alle Mühe war umsonst. Stumm und unbewegt saß die Frau da. Ihre dunklen Augen schienen die Anwesenden nicht zu sehen; sie irrten nur in die Ferne, als ob sie dort etwas suchten.

Eines Tages geschah es: Der unglückliche Ehemann, dem man die Gattin gestohlen hatte, machte sich auf, um heimlich nach seiner Liebsten zu sehen. Versteckt unter den Knechten des *aji* hielt er Ausschau nach seiner Frau, und sie, deren Augen schon nicht mehr zu leben schienen, sie erspähte ihn im Nu. Der Herr hatte sie gerade zu einem Spaziergang abgeholt, da schüttelte sie wild den Arm ihres Räubers ab und lief mitten unter die Knechte hin zu ihrem Gatten. Sie fasste ihn bei der Hand, und im selben Augenblick wurde aus den beiden ein Kranichpaar. Die großen Vögel erhoben sich federleicht in die blaue Luft, und in kurzer Zeit waren sie am Horizont verschwunden.

Märchen aus Japan

Yuki-onna oder Die Schneefrau

Es waren einmal zwei Holzfäller. Der eine, Nishikaze mit Namen, war schon ein älterer Mann, während der andere, er hieß Teramichi, noch ein Jüngling war. Sie wohnten beide in demselben Dorf und gingen jeden Morgen gemeinsam in den Wald, um Holz zu schlagen. Zwischen Dorf und Wald floss ein breiter Fluss, über den sie mit einer Fähre setzten.

Eines Tages im Winter waren sie erst spät mit ihrer Arbeit fertig geworden. Als sie sich endlich auf den Heimweg machen konnten, überraschte sie ein heftiger Schneesturm. Sie hasteten zum Fluss, doch mussten sie zu ihrem Schrecken feststellen, dass der Fährmann gerade übergesetzt hatte und sich am anderen Ufer des tosenden Flusses befand. Unmöglich konnte er noch einmal herüberkommen, um sie zu holen, denn die Gewalt des Sturmes stieg und stieg. Da die beiden die Nacht nicht im Freien verbringen konnten, beschlossen sie, das Nachlassen des Sturmes in der nahegelegenen Hütte des Fährmanns abzuwarten. Sie kämpften sich bis dorthin durch und machten Tür und Fenster dicht zu, bevor sie sich auf dem Boden der Hütte ein Lager bereiteten. Nishikaze, der Ältere, war so müde und erschöpft von den Anstrengungen des Tages, dass er gleich einschlief. Teramichi aber konnte kein Auge zutun. Hellwach lag er da und lauschte auf das Heulen und Brausen des Sturmes, der die Hütte in allen Fugen erzittern ließ.

Auf einmal tat es einen gewaltigen Schlag, die Tür sprang auf, und der eisige Wind trieb eine Schneewolke herein, die beinahe die halbe Kammer ausfüllte. Entsetzt starrte Teramichi auf die mächtige Wolke, die sich auf und nieder bewegte und immer deutlicher eine menschliche Gestalt annahm, die Gestalt einer Frau in weißem, wallendem Gewand. Sie wandte sich Nishikaze zu und neigte sich dicht über ihn. Todeskalter Atem entströmte ihrem Mund, legte sich als weißer Reif auf das Gesicht des Mannes und ließ es erstarren. Dann richtete sie sich auf und kam auf Teramichi zu, der unfähig war, sich zu rühren, und ihr voller Angst mit weit aufgerissenen Augen entgegensah.

Sie näherte ihr Gesicht dem seinen und sah ihn lange ernst und ruhig an, und als sie schließlich zu sprechen begann, nahmen ihre Züge einen milden, beinahe zärtlichen Ausdruck an, und ihre Stimme war wie ein Hauch: »Wie jung du noch bist! Bist ja fast noch ein Kind und hast noch kaum gelebt! Deshalb will ich dich verschonen und dich nicht töten wie deinen Gefährten und sonst jeden, der in den Bereich meiner eisigen Kälte gerät. Doch merke dir gut: Diese Schonung währt nur so lange, wie kein Wort darüber über deine Lippen kommt. Erzähle niemandem davon, nicht Vater und Mutter und später auch nicht Frau und Kind – niemand darf je erfahren, was in dieser Nacht geschehen ist, sonst bist du verloren«, so sprach sie und entschwand. Da wich der Bann von dem Jüngling. Er sprang auf, eilte zur Tür und schloss sie. Dann trat er zu seinem Gefährten und rührte ihn an, aber der bewegte sich nicht, war starr und steif, war tot, doch lag ein glückliches Lächeln auf seinem Gesicht.

Als der Sturm am nächsten Morgen nachließ, konnte der Fährmann endlich übersetzen. Mühsam bahnte er sich einen Weg durch den tiefen Schnee und fand beide Männer in der Hütte regungslos am Boden liegen. Als er sie aufhob, tat Teramichi einen tiefen Seufzer, schlug die Augen auf und kam bald wieder zu sich; Nishikaze jedoch war tot und wurde feierlich begraben. Der junge Teramichi musste von nun an jeden Morgen allein zu seiner Arbeit in den Wald gehen. Er vergaß seinen Gefährten nicht und erzählte niemandem von seinem Erlebnis mit der Yuki-onna – denn dass sie es gewesen war, die Schneefrau, der er in jener Nacht in der Hütte des Fährmanns begegnet war, daran hatte er keinen Zweifel.

Einige Jahre waren seither vergangen. Wieder war es Winter, und wieder tobte ein heftiger Schneesturm, doch dieses Mal war Teramichi rechtzeitig aus dem Wald heimgekehrt. Seine Mutter war gerade dabei, das Bettzeug hinter dem Ofen auszubreiten, damit sie sich zur Ruhe legen konnten, da klopfte es. »Wer mag das wohl sein?« dachte die Mutter, »wer mag bei so unwirtlichem Wetter und zu so später Stunde noch unterwegs sein?«, und sie schickte Teramichi an die Tür, damit er öffne. Er tat es, da kam mit einer Wolke von Schneegestöber ein schönes junges Mädchen herein. Es zitterte vor Kälte am ganzen Körper und bat: »Habt Erbarmen und nehmt mich heute nacht bei euch auf!«

Teramichi und seine Mutter hatten Mitleid mit der Fremden und nahmen sie freundlich bei sich auf. Sie gaben ihr zu essen und zu trinken und bereiteten auch ihr ein Lager für die Nacht. Am nächsten Morgen aber dauerte der Schneesturm unvermindert an: Sieben Tage und sieben Nächte wütete er so stark, dass es unmöglich war, einen Fuß vor die Tür zu setzen, und so blieb das Mädchen während dieser Zeit in dem sicheren, warmen Haus, und die Mutter behandelte es wie eine eigene Tochter. Das Mädchen vergalt ihr die Freundlichkeit, indem es ihr nach Kräften bei der Arbeit half und es dabei weder an Sorgfalt und Fleiß noch an liebevoller Fürsorge und Ehrerbietung für die alte Frau fehlen ließ. »Das wäre eine gute Frau für meinen Sohn und für mich eine gute Schwiegertochter!« dachte die Mutter deshalb oft bei sich, und als der Schneesturm endlich vorüber war und das Mädchen Abschied nehmen wollte, lud sie es ein, doch noch eine Zeitlang bei ihnen zu bleiben.

Das Mädchen willigte gern darin ein, denn es war, wie es erzählte, eine Waise, deren Eltern gerade gestorben waren. So hatte es sich trotz der schlimmen Witterung auf den weiten Weg zu entfernten Verwandten hoch im Norden gemacht in der Hoffnung, bei jenen Unterschlupf zu finden. Doch wurde es dort nicht erwartet, ja, sie kannten einander nicht einmal!

So blieb das Mädchen kurzentschlossen im Hause Teramichis, und da die jungen Leute mehr und mehr Gefallen aneinander fanden, heirateten sie eines Tages, worüber die Mutter von Herzen froh war.

Die drei lebten in bestem Einvernehmen miteinander, und als die alte Frau starb, widmete sich die junge Frau ganz ihrem Ehemann und ihren Kindern, von denen sie ihm im Laufe der Jahre zehn schenkte, und alle gediehen sie prächtig und wuchsen in schönster Gesundheit heran. Nachbarn und Freunde staunten über soviel Glück und priesen die Ehe als beste im Land. Als ganz besonderes Wunder fiel ihnen auf, dass Teramichis Frau immer jung und blühend war, voller Kraft und Fröhlichkeit, und keinerlei Spuren von Alter, Anstrengung oder Müdigkeit zeigte. Beneidenswerter Teramichi!

Es war an einem Winterabend – die Kinder schliefen friedlich hinter dem Feuerherd, und Teramichi sah seiner Frau zu, die noch spät mit einer Näharbeit beschäftigt war –, als draußen wieder einmal ein heftiger Schneesturm sein Toben begann. Teramichi war es seltsam zumute: Nach langer Zeit kam ihm wieder einmal jene unheimliche Nacht in der Hütte des Fährmanns in den Sinn, und bei dem Gedanken an die Yuki-onna überfiel ihn ein Frösteln. Sinnend betrachtete er seine Frau, die ihm an diesem Abend schöner denn je erschien, und meinte plötzlich in ihrem Gesicht eine Ähnlichkeit mit der Schneefrau zu entdecken, ein Eindruck, der ihn verwirrte, ja, verstörte. Er versuchte, sich von diesem Eindruck zu befreien, schüttelte heftig den Kopf und rief: »Nein, nein, du bist tausendmal schöner als sie!«

Seine Frau blickte auf und sah ihn verwundert und fragend an, und da begann er, stockend erst, dann hastiger und wie unter einem unwiderstehlichen Zwang, das so lange verheimlichte Erlebnis zu erzählen. »Sie war schön, die Yuki-onna«, so schloss er, »doch du bist schöner als sie, denn deine Schönheit ist voller Wärme und Leben.«

Während er sprach, hatte seine Frau ihm schweigend und ohne Regung und Bewegung zugehört. Doch nun erhob sie sich und sprach: »Musstest du es doch noch ausplaudern?« Zart und schlank stand sie vor ihm. Ihr hochgebundenes Haar löste sich und floss lang herab, und mit Schrecken sah Teramichi, wie sie größer und größer wurde und bleich und immer bleicher, wie auch ihre Kleider sich entfärbten und weiß wurden und sie schließlich vor ihm stand und aussah wie damals die Yuki-onna, ja, die Yukionna selber war!

»Musstest du es heute ausplaudern? Konntest du nicht weiter schweigen, wie du es so lange getan hattest? Nun ist dein und mein Glück zerstört, und du musst sterben, weil du gesprochen hast.« Sie neigte sich über ihn, um ihn mit ihrem eisigen Atem zu töten, doch da begann das kleinste Kind auf einmal zu weinen. Die Yuki-onna nahm es auf und presste es an ihre Brust. Sie sah ihren Mann an, dann die schlafenden Kinder, darauf wieder ihren Mann und sprach: »Ich müsste dich töten, doch ich vermag es nicht.«

Mit ihrem jüngsten Kind im Arm schritt sie zur Tür und über die Schwelle hinaus ins Schneegestöber. Bis Teramichi sich gefasst hatte und ihr nachlief, war sie längst verschwunden und nichts zu sehen als weiße, wirbelnde Flocken…

Seither hört, wer dort in der Gegend verschneite Wege geht, manchmal ein leises Weinen. Dann erscheint eine Frau, die ein Kind in ihren Armen wiegt, und bittet: »Nehmt es mir ab!« Wer es tut und sich das Kind aus Barmherzigkeit in den Arm legen lässt, erfriert und stirbt.

Deshalb – solltet Ihr einmal das Weinen hören und der Frau und dem Kind begegnen – stellt Euch blind und taub und geht mit gesenktem Blick wortlos an ihnen vorüber, dann geschieht Euch nichts!

Märchen aus Japan

Der Metzgergeselle

ines armen Sauhirten Sohn hatte die Metzgerei gelernt, weil er höher hinauswollte als sein Vater und nicht zufrieden damit war, die Stelle von dem Alten zu erben. Da der Junge nun ausgelernt und es zu etwas Rechtem in seinem Handwerk gebracht hatte, ging er auf die Wanderschaft. Als er noch nicht weit von seinem Heimatort weg war und über eine große Heide ging, sah er einen gefallenen Ochsen am Weg liegen und fünf Tiere dabeistehen, die ihn untereinander teilen wollten und nicht einig darüber werden konnten. Das war erstlich eine Biene, zweitens ein Fuchs, dann ein Windhund, ein Falke und ein Löwe. Die Tiere gingen ihm entgegen und baten ihn, er solle ihnen aus der Not helfen. Da zog er sein großes Schlachtmesser, zerlegte den Ochsen ordentlich nach der Handwerksregel und teilte die Stücke unter die fünf aus. Die Biene bekam den Kopf, um hineinzubauen, und also ein jedes nach seiner besonderen Art dasjenige Teil, welches sich am besten für es schickte.

Der Metzger ging nun wieder seines Weges, während sich die Tiere über das Fleisch hermachten. Er war aber kaum tausend Schritte gegangen, da kam der Windhund hinter ihm hergelaufen, holte ihn ein und sprach, er solle noch einmal mit ihm umkehren zu den anderen. Als sie wieder hinkamen, wo die Tiere waren, da sprachen sie alle, sie hätten vergessen, sich bei ihm zu bedanken. Geld hätten sie keines, aber sie wollten ihm die Gabe verleihen, die Gestalt eines jeden von ihnen annehmen zu können, so oft er es wünsche. Das war er zufrieden, bedankte sich und nahm den Weg wieder zwischen die Beine.

Nicht lange danach kam er in das große Königreich Sizilien, und als er gerade zum Stadttor der Hauptstadt hineinging, hörte er einen Ausrufer verkünden, dass jeder des Todes sein solle, der einen Granatapfel von des Königs Bäumen hole. Es gab nämlich nur zwei solcher Bäume im Land, die standen vor des Königs Fenster, und er hielt große Stücke darauf. Weil nun aber nichts so gut schmeckt wie das Verbotene, so dachte der vorwitzige Metzgerbursche, er müsse die Granatäpfel versuchen und herausfinden, ob sie wirklich so gut seien. Also wünschte er sich, ein Falke zu sein, und bei dem bloßen Gedanken war es auch schon geschehen. Er schwang sich in die Luft, flog auf einen von des Königs Granatbäumen, aß von den Früchten und schaute zum Fenster hinein. Drinnen im Schloss saßen sie gerade an der Tafel und hatten vor sich Gesottenes und Gebratenes stehen. Als ihm das in die Nase stieg, wollten ihm die Äpfel nicht mehr schmecken. Da ward sein Vorwitz so groß, dass er zum Fenster hineinflog, ein gebratenes Huhn von der Schüssel nahm und damit eilig hinauswollte. Doch des Königs Tochter schlug schnell den Fensterflügel zu, und nun war er gefangen. Das sollte ihm aber zum Glück gereichen, denn die Prinzessin ließ dem Vogel nichts zuleide tun, sondern hängte ihn in einem schönen Bauer in ihrer Schlafkammer auf.

In der Nacht nun, da sie im Bett lag und schlief, flog er als Biene durch das Käfiggitter und trat in Menschengestalt an ihr Lager. Er umarmte sie und küsste sie auf ihren roten Mund. Die Königstochter fuhr aus dem Schlaf empor und schrie um Hilfe, doch bis der alte König mit seinem Hofstaat herbeigelaufen kam, saß der Metzgerbursche schon wieder als Falke in seinem Bauer, hatte den Kopf unter dem Flügel und tat, als ob er schliefe, so dass der König glaubte, die Prinzessin hätte nur geträumt, und sie tüchtig ausschalt wegen ihrer Ängstlichkeit.

Kaum waren die anderen weg, so wünschte er sich wieder, eine Biene zu sein, und kroch aus dem Käfig. Als Mann trat er dann an das Bett der Königstochter und küsste sie wiederum.

Anfangs wehrte sie sich, getraute sich diesmal aber nicht zu schreien. Bald jedoch, als sie merkte, dass er ihr nichts zuleide tat und ein hübscher Bursche war, wurden sie einig miteinander und blieben wonneselig beisammen bis zum Morgen.

Also war er heimlich mit der Prinzessin vermählt, und sie lebten fast ein Jahr lang zusammen, ohne dass jemand im Haus dessen gewahr wurde. Endlich trug es sich aber zu, dass die Prinzessin einen Knaben gebar. Nun war die Sache freilich nicht mehr zu verheimlichen, und sie gestand ihrem Vater alles. Der König war anfangs sehr erzürnt, doch was war noch zu machen? Es war zu spät, um etwas zu ändern. Also gab er seinen Segen dazu, ließ das Paar ordentlich trauen und ernannte den Schwiegersohn zu seinem Nachfolger.

Mit der Königstochter hatte es jedoch eine eigene Bewandtnis, und der junge Erbprinz ward ernstlich verwarnt, nicht mit seiner jungen Frau in den Wald spazierenzufahren. Sie dürfte sonst überallhin, nur nicht in den Wald, denn dort würde der Wind sie hinwegführen. Der Metzgerbursche lachte darüber, und seine Neugierde und sein Vorwitz ließen ihn nicht eher ruhen, als bis er mit ihr im Wald war. Sie fuhren ganz vergnügt unter den grünen Bäumen her, da kam es mit einem Mal heran wie ein starker Sturm, und ehe er sich's versah, war seine Frau von dem Wind aus dem Wagen gehoben und hinweggeführt.

»Wiederhaben muss ich sie«, sprach er, »sie mag stecken, wo sie will!« Also ließ er die Kutsche leer nach Hause fahren, verwandelte sich in einen Windhund und lief, so schnell er konnte, in der Richtung davon, in der er sie hatte verschwinden sehen. Er lief und lief, bis ihn die Beine nicht mehr tragen wollten, und gelangte endlich an einen Berg. Den betrachtete er auf und ab, konnte aber in der glatten Felsenwand kein Tor und keine Tür finden, nur einen ganz engen Riss sah er endlich zwischen dem Gestein. Da wünschte er sich wieder, eine Biene zu sein, und kroch so in die dunkle Felsenspalte und immer tiefer in den Berg hinein. Als er ganz darinnen war, nahm er die Gestalt des Falken an und flog hinab in die unterste Welt. Die Stelle, wo er niederkam, bezeichnete er sich vorsichtig mit einem Stein, um den Weg wieder hinaufzufinden, und lief dann als Windhund weiter.

Als er ein gutes Stück gelaufen war, kam er vor ein wunderschönes Schloss. Es war aber rings so fest mit starken Toren verschlossen, dass er anfangs nicht hineinzukommen wusste. Nur einen einzigen freien Eingang gab es, das Schlüsselloch nämlich, und durch das kroch er denn auch in Bienengestalt hinein. Wer aber drinnen in dem wunderschönen Schloss saß, das war niemand anders als seine liebe Frau. Da nahm er seine Menschengestalt an und ging zu ihr. »Bist du's, oder bist du's nicht?« fragte er. »Ich bin's«, sagte sie, »aber ich bin hier in eines Riesen Gewalt. Er kommt einmal bei Tag und einmal bei Nacht, jedesmal um elf Uhr, und dann muss ich ihm den Kopf krauen bis um zwölf.«

Es dauerte nicht lange, so kam der Riese nach Haus. Der Metzgerbursche verwandelte sich schnell wieder in die Biene und setzte sich unter die Brotkrumen. »Wie kommt das Tier herein?« sprach der Riese und schlug danach, aber die Biene war flinker als er und entkam. Da brummte der Riese etwas in seinen Bart, legte sich hin mit dem Kopf im Schoß der Königstochter und ließ sich von ihr krauen bis um zwölf.

Als er fortgegangen war, gab der Erbprinz seiner Frau einen guten Rat: »Wenn er wiederkommt, so stelle dich, als ob du schliefest, und wenn er dich dann weckt, so erzähle ihm, du hättest einen schlimmen Traum gehabt. Fragt er dann nach dem Traum, so erzähl ihm, es sei dir im Schlaf vorgekommen, als wäre er gestorben und du wüsstest nicht, wie du herauskommen solltest aus dem Schloss.«

Am anderen Tag tat sie, wie er geraten hatte, und es gelang wohl: Als sie der Riese nach ihrem Traum fragte, fing sie an zu weinen. Sie erzählte ihm, was sie im Schlaf für einen Schrecken ausgestanden hätte über seinen Tod und fragte ihn, ob sie denn all ihr Lebtag hier in dem Schloss müsse gefangenbleiben, wenn er wirklich einmal sterben sollte. »Ei du Närrin«, sprach er da, »ich kann ja gar nicht sterben! Aber bei dem König von Portugal ist ein Drache mit drei Köpfen. Wer den erschlägt, kann auch mich totschlagen, sonst keiner, und von selber sterbe ich nicht.« Das merkte sich der Prinz, der als Biene zuhörte, und freute sich, dass er das Geheimnis heraushatte.

Die junge Frau musste dem Riesen wieder eine Stunde lang den Kopf krauen, dann ging er hinweg. Da sprach der Prinz, er sei fest entschlossen, den Drachen in Portugal aufzusuchen. Sie nahm mit vielen Tränen Abschied von ihm, und er kroch als Biene zum Schlüsselloch hinaus, wie er hereingekommen war. Draußen ward er zum Windhund und lief bis zu dem Stein, den er sich als Zeichen hingelegt hatte, ward dann zum Falken und flog hoch hinauf und kroch zuletzt wieder als Biene aus dem Felsspalt hervor.

Nach Portugal war es weit. Er musste lange wandern über Strom und Meer und Berg und Tal, bis er hinkam. Als er sich dann erkundigte, wie es mit dem Drachen aussehe, erfuhr er, dass der allerdings drei Köpfe habe und dass ihm jeden Morgen um neun Uhr des Königs Schweineherde vor die Stadt getrieben werden müsse, damit er sich neun Stück davon auswähle. Es waren in dem Land aber nur noch sechsunddreißig Stück Schweine vorhanden, und alle hatten Angst, dass der Drache anfinge, Menschen zu fressen, wenn er sein richtiges Futter nicht mehr bekäme. Da ging der Metzgerbursche vor den König und bat sich die Erlaubnis aus, dass er am anderen Tag die Schweine hinaustreiben dürfe. Das erlaubte der König gern und versprach ihm die Hälfte seines Königreichs und seine Tochter zur Frau, wenn er das Ungetüm aus der Welt schaffen könnte.

Punkt neun am anderen Morgen war der fremde Hirt mit den Schweinen vor dem Tor, und gleich darauf kam der Drache und hatte wirklich drei Köpfe, einen immer schrecklicher als den anderen. »Du, Sauhirt«, schrie er den Prinzen an, »gib mir neun von deinen besten Säuen!«

»Keine neun Sauborsten!« sprach der Metzger, verwandelte sich in einen Löwen und riss dem Drachen in einem Nu ein Haupt herunter, dass der mit schrecklichem Geheul davonlief.

Als der Prinz heimkam, ward er freudig vom König empfangen. »Weil du dem Drachen einen Kopf abgehauen hast, sollst du ein großes Fass Wein haben.«

Am zweiten Tag war der Prinz wieder Punkt neun mit seiner Herde vor dem Tor. Der Drache ließ nicht lange auf sich warten, kam noch trotziger einher als am Tage zuvor und fuhr ihn mit lautem Gebrüll an: »Du, Sauhirt, gib mir achtzehn von deinen besten Säuen!«

»Noch keine achtzehn Sauborsten!« sprach der Metzgerbursche, ward zum Löwen und riss dem Drachen das zweite Haupt herunter. »Morgen kommen wir wieder zusammen!« brüllte das Ungetüm und lief davon.

Am anderen Tag kamen sie wieder zusammen, da verlor der Drache seinen letzten Kopf und hatte nun ein für allemal den Appetit nach Schweinefleisch verloren. Der Metzgergeselle – oder: der Prinz, wie ihr's haben wollt – sollte nun auf der Stelle mit des Königs Tochter verheiratet werden. »Nichts für ungut«, sprach er da, »aber ich habe schon eine Frau. Sie sitzt tausend Stunden von hier im Berg.« Danach erzählte er dem König alles, wie es sich ihm zugetragen hatte und wie er sich jetzt wieder den weiten Weg suchen müsse nach dem verwunschenen Riesenschloss tief in der Erde drin. »Willst du meine Tochter nicht«, sagte der König, »so will ich dir einen Wagen schenken, um hinzufahren zu deiner Frau«, und er ließ den Wagen alsbald aus der Remise ziehen.

Mit der Kutsche, die der Prinz zu Geschenk bekam, hatte es eine eigene Bewandtnis. Auf der rechten Seite steckte eine Peitsche, wenn man die auf die linke Seite hinübersteckte, so fing der Wagen an zu fahren, als wenn tausend Pferde daran gezogen hätten, bis man die Peitsche wieder herübersteckte auf die rechte Seite, dann stand er mit einemmal still, und man konnte aussteigen.

So war es dem Erbprinzen ein leichtes, wieder an den verzauberten Berg zu kommen. Schon am zweiten Tag war er dort, kroch als Biene hinein, flog als Falke hinab, lief als Windhund zum Schloss, kroch als Biene durchs Schlüsselloch und ward zum Menschen bei seiner Frau. Als aber der Riese heimkam, verwandelte sich der Prinz gleich in den Löwen und riss ihm das Haupt von den Schultern ab. Nun war die Prinzessin endlich erlöst. Da fuhr sie mit ihrem Mann in dem Zauberwagen zuerst nach Hause zu ihrem Vater und dann auf Besuch zum König von Portugal.

Märchen aus Deutschland

Sonne und Mond

Sonne und Mond waren verheiratet. Sie liebten einander sehr, aber sie waren unglücklich, denn Sonne war ein eifersüchtiger Ehemann. Er war eifersüchtig auf alle Gewässer, in welchen sich seine schöne Gemahlin spiegelte, er war eifersüchtig auf die Wolken, die großen und die kleinen, die still vorüberschwebten und Mond mit ihren flaumzarten Flügeln verstohlen liebkosten, und er war eifersüchtig auf das Himmelsblau, in welchem sie sich sorglos dahintreiben ließ.

Mond war aber auch wirklich zu kokett! Jede Nacht ging sie allein und unverschleiert wie eine Christin aus! Sie stieg hinab zu den Seen und Teichen, um sich wohlgefällig darin zu betrachten, tauchte in tiefe Brunnen und schlüpfte durch Ranken und Blattwerk und allerfeinste Fensterritzen in die Kammern junger Schläfer, um sie zu necken!

Sonne stellte Mond deswegen zur Rede und sprach in vorwurfsvollem Ton: »Es ziemt sich nicht, dass du allein ausgehst und deine Schönheit jedermann sehen lässt! Eine Frau hat sittsam und bescheiden zu sein und sich zu bedecken; so schreibt es das Gesetz ihr vor! Also verbirg deine Schönheit in Zukunft hinter einem Schleier!«

Mond wollte davon aber nichts wissen und gab trotzig zur Antwort: »Warum soll ich meine Schönheit verstecken? Du hast gut reden! Du spazierst den ganzen Tag in der Welt herum und lässt mich des Nachts allein. Gibt es denn ein anderes und unschuldigeres Vergnügen für mich, als mich ein wenig bewundern zu lassen?«

Da drohte Sonne: »Ich werde mir unter den schönen Gestirnen der Nacht eine neue Gemahlin wählen, die tugendhafter ist, als du es bist! Sieh dort die Venus! Sie glänzt klar und rein wie ein Tautropfen, wenn das erste Morgenlicht auf ihn fällt, und die Ferne, schau nur, umgibt sie mit einem Schleier aus Süße und Geheimnis. Ja, mein Entschluss steht fest: Ich werde mich mit Venus vermählen!«

Mond erschrak – und überlegte. War ein Schleier es wert, auf einen so strahlenden Gatten zu verzichten? »Nein«, dachte sie, »o nein!« Und so versprach sie ihrem Gemahl, den Schleier anzulegen. Fortan verbarg sie ihr Antlitz hinter den zarten Nebelgespinsten, welche in der Dämmerung von den Teichen aufsteigen, und hüllte sich in den milchigen Dunst, der sich des Nachts aus den feuchten Wiesen erhebt. Und so wurde sie noch schöner und wurde noch viel mehr geliebt, denn es war der Reiz des Geheimnisvollen um sie und jener Zauber, den das Verborgene besitzt.

Märchen aus Marokko

Das Mädchen aus dem Meer

Es war einmal ein Bauer, der hatte einen einzigen Sohn. Eines Tages zog der Sohn auf die Jagd und kam zu einer Meeresbucht, wo der Strand mit feinem Sand bedeckt war und das Wasser weit hinaus hell und klar über dem weißen Sandboden leuchtete. Der junge Bursche setzte sich am Waldrand nieder und zog seinen Speisevorrat aus der Tasche. Während er es sich auf das beste schmecken ließ, tauchten drei Mädchen aus dem Meer empor, stiegen ans Ufer und legten ihre Kleider ins Gras, zwei von ihnen an denselben Ort, die dritte aber legte die ihrigen ein wenig abseits von den anderen. Alsdann begaben sie sich zurück in die See, plätscherten mit den Händen im Wasser und spielten und lachten. Darauf gingen sie wieder ans Ufer, legten ihre Kleider an und verschwanden so plötzlich, wie sie gekommen waren. Auch der junge Bursche ging seines Weges. Er kam aber am nächsten Tag wieder, um zu sehen, ob die Mädchen sich von neuem zeigen würden, und suchte ein Versteck, von wo aus er sie ganz aus der Nähe beobachten konnte, ohne dass sie ihn entdeckten. Er hatte noch nicht lange da gesessen, als die drei Mädchen auch wirklich wieder aus dem Wasser auftauchten und ebenso taten wie das erstemal. Auch an diesem Tag störte der junge Bauernsohn sie nicht, bemerkte indes, dass die Kleider, welche das eine der Mädchen abseits gelegt hatte, hübscher waren als die der anderen beiden.

Am dritten Tag begab sich der junge Bursche wieder ans Meer, doch diesmal mit dem festen Vorsatz, dass, falls er die Mädchen noch einmal zu sehen bekäme, er der dritten die Kleider verstecken wollte. Wie gedacht, so getan. Die Mädchen kamen wieder, und während sie badeten, nahm der Bursche die schönen Kleider der einen fort und versteckte sie.

Als die drei Mädchen wieder ans Ufer stiegen, fanden zwei von ihnen ihre Kleider am bekannten Ort, zogen sie an und verschwanden. Die dritte aber suchte die ihren vergeblich. Ihr wurde bang, sie lief hin und her und rief dabei: »Wenn du ein Mann bist, der mir die Kleider genommen, so verspreche ich dir dasjenige Mädchen als Liebste, das du selbst dir wünschest. Bist du aber ein Mädchen, sollst du den zum Bräutigam haben, nach dem dein Herz verlangt!«

Da kam der junge Bursche aus seinem Versteck hervor und sprach: »Du bekommst deine Kleider nicht eher, als bis du mir versprichst, selbst meine Frau zu werden.« Das Mädchen weinte und jammerte und sagte, dass es nicht möglich sei, was er wünsche. »Ich kann hier nicht leben, weil ich hier nicht zur Welt gekommen bin, und du kannst da nicht leben, wo ich herkomme.« Der junge Bursche sprach und bat aber so lange, bis sie ihm schließlich nachgab und versprach, seine Frau zu werden. Er führte sie zu seinen Eltern, ließ sie taufen und gab ihr einen christlichen Namen, worauf sie sich ehelich verbanden und nach einigen Jahren einen Sohn bekamen.

Als der Sohn so groß geworden war, dass er laufen konnte, begleitete er seinen Vater eines Tages zum Vorratshaus. In dem Kasten aber, aus dem der Vater etwas herausnahm, lagen obenauf einige Kleidungsstücke, die er beiseite legte und die dem Knaben, der sie neugierig anschaute, besonders schön und rar dünkten. So fragte er den Vater, wem sie denn gehörten. Der Vater gab hierauf aber keine Antwort und legte die Kleider an die alte Stelle zurück.

Des anderen Tages jedoch, als der Vater in den Wald gegangen und die Mutter mit dem Knaben alleingeblieben war, erzählte er ihr von den schönen, raren Kleidern, die er mit dem Vater im Vorratshaus gesehen. Da nahm die Mutter den Knaben bei der Hand und hieß ihn, ihr zu zeigen, wo die Kleider versteckt seien. Als sie den Kasten öffneten, erkannte sie gleich die Kleider wieder, die sie einst aus dem Meer mitgebracht hatte, und empfand Freude und Traurigkeit darüber. Sie nahm die Kleider mit in die Stube und legte sie an. Dann küsste sie ihren kleinen Sohn und verließ das Haus, während er auf der Schwelle stehenblieb und ihr nachschaute. Langsam ging sie zum Strand hinab und verschwand im Meer, aus dem sie gekommen war.

Als der Mann nach Hause kam und seine Frau nirgends sah, fragte er den Knaben: »Wo ist deine Mutter?«

»Die Mutter«, antwortete das Kind, »ist ans Meer gegangen.«

Da wusste der Mann, dass sie ihre Meerfrauenkleider wiedergefunden hatte und in ihre Heimat zurückgekehrt war. Er war traurig und wusste nicht, was er anfangen sollte. In seiner Not suchte er die *Gieddagäts-galgjo* auf und erzählte ihr, was vorgefallen war. »Hast du Kinder?« fragte sie ihn. »Ja«, antwortete der Mann, »einen kleinen Sohn.«

»So sei nicht länger traurig«, sprach sie. »Dreimal wird deine Frau in dein Haus zurückkommen. Lässt du sie das dritte Mal gehen, hast du sie für immer verloren. Heute Nacht kommt sie das erste Mal, doch darfst du dich in deinem Bett nicht rühren, sondern musst tun, als ob du schliefest. Sie wird sich bei eurem Kind niedersetzen und es eine Zeitlang streicheln und liebkosen. In der zweiten Nacht wird sie wieder kommen und ebenso tun. Sobald es dann aber am dritten Tag Abend wird, mache dir im Winkel bei der Tür ein Versteck zurecht und lass das Bett so aussehen, als lägest du darin und schliefest. Wenn sie das dritte Mal kommt, wird sie am längsten verweilen. In dem Augenblick aber, wo sie fortgehen will, fasse du sie um den Leib und halte sie mit allen Kräften fest, sprich ihr liebevoll zu und suche sie zu überreden, dass sie bei dir bleibt. Wenn sie nachgibt und nicht länger versucht, sich von dir loszureißen, so führe sie zum Bett und leg dich mit ihr hinein. Sobald sie aber eingeschlafen ist, steh leise auf, geh hinaus und sieh zu, dass du die Kleider findest, welche sie trug, als sie aus dem Meer kam.

Bring sie zu mir, und ich werde sie so aufheben, dass sie nimmer wieder von Menschenaugen erblickt werden sollen.«

Alles ging so, wie die *Gieddagäts-galgjo* es vorausgesagt. Als die Mutter zweimal bei ihrem Kind gewesen war und sich der Abend des dritten Tages nahte, tat der Mann, wie *Gieddagäts-galgjo* ihm geraten hatte. Die Lampe brannte noch, da hörte er seine Frau kommen, leise die Tür öffnen und nach der Stelle sich hinschleichen, wo das Kind lag. Sie setzte sich bei ihm nieder und begann, es zu streicheln und zu liebkosen. Als sie aber fortgehen wollte und mitten in der Stube war, ergriff ihr Mann sie und hielt sie fest und sprach ihr liebevoll zu mit all den überredenden Worten, deren er mächtig war, so dass sie endlich sich beruhigte und nicht länger sich loszureißen versuchte. Er führte sie zum Bett und legte sich mit ihr hinein. Rasch versank sie in einen tiefen Schlaf, in welchem ihr Mann sie ließ, als er aufstand, um ihre Kleider zu suchen. Er fand sie und brachte sie zu *Gieddagäts-galgjo*, welche sagte: »Ich will die Kleider so verbergen, dass kein menschliches Auge sie je wieder sehen soll.« Da ging der Mann froh nach Hause und legte sich an der Seite seiner Frau nieder.

Von dieser Zeit an führten sie ein glückliches Leben. Alles schlug ihnen nach Wunsch aus, und die Verwandten der Frau brachten ihr aus der Tiefe des Meeres alles, was sie nötig hatte oder wünschte.

Märchen aus Lappland

Die Nixe im Mansfelder See

Nicht weit vom Mansfelder See liegt ein Dorf, doch wie es heißt, weiß ich nicht. In jenem Dorf war alle Sonntage Musik und Tanz, und alle Burschen und Mädchen der Umgegend fanden sich dazu ein. Die Mädchen waren alle schön, aber eine war so schön, dass man sie sein Leben lang nicht mehr vergessen konnte, wenn man sie einmal gesehen hatte. Wer sie aber war und woher sie kam, das wusste niemand. Einem jungen Schäfer gefiel sie so wohl, dass er mit keiner anderen mehr tanzen wollte, und als sie einst wegging, schlich er ihr nach und bat sie, ihm zu erlauben, dass er sie nach Hause begleite. »Ja«, sagte sie, »das kannst du tun. Du musst mir aber versprechen, nicht auf halbem Weg umzukehren.« Das versprach er gern, und sie fasste ihn bei der Hand und führte ihn in eine Gegend, wo es gar kein Dorf gab. Da meinte er, sie müssten sich wohl verirrt haben, und fragte ängstlich, ob sie auch den Weg kenne. »Aber ja«, sagte sie, »komm nur mit und fürchte dich nicht! Ich werde dir schon den rechten Weg zeigen.«

Sie gingen immer weiter und kamen endlich an den See. Das Mädchen brach von den Weiden, die dort am Ufer stehen, eine Gerte ab und schlug damit dreimal auf das Wasser. Und siehe da, das Wasser tat sich auf, und eine breite Treppe wurde sichtbar, die zum Grunde des Sees führte. Der Schäfer blieb einen Augenblick verwundert stehen, doch da ihn das Mädchen immer noch bei der Hand hielt und freundlich zu ihm sprach: »Nun komm nur, komm!«, ließ er sich von ihr die Stufen hinunterführen. Da kamen sie in ein freundliches Dorf, wo die Mutter des Mädchens in einem hübschen kleinen Häuschen wohnte. »Ei«, rief die Alte ihnen entgegen, als sie eintraten, »du bringst dir wohl einen Schatz mit! Nun, wir wollen sehen, wie es ihm bei uns gefällt. Die von dort oben können meist nicht viel arbeiten und wollen gleich wieder hinauf. Doch kommt es auf einen Versuch an.«

Den andern Tag ging die Alte in die Kirche (denn natürlich war auch eine Kirche im Dorf), und ehe sie ging, schüttete sie einen Scheffel Rübsamen in einen großen Aschenhaufen und sagte zu dem Schäfer: »Da, such die Körner heraus! Bis ich wiederkomme, musst du fertig sein.«

Traurig blieb der Schäfer vor dem Aschenhaufen stehen und wagte gar nicht, ihn anzurühren. Doch das Mädchen sprang herbei und rief: »Wart, ich will dir helfen!« Sie öffnete einen Taubenschlag, aus dem ein ganzer Schwarm Tauben flog, die über die Körner herfielen und sie in kurzer Zeit alle wieder in den Scheffel gelesen hatten. Die Alte kam zurück und staunte und freute sich über die wohlgelungene Arbeit.

Als sie wieder ausging, gab sie dem Schäfer ein Sieb und hieß ihn einen Teich damit ausschöpfen, doch mit Hilfe seiner Geliebten gelang ihm auch dies. Auf die gleiche Weise bewältigte er schließlich die dritte Arbeit, welche die Alte ihm auferlegte und die darin bestand, dass er an einem Vormittag einen großen Wald fällen, das Holz kleinhacken und in Wellen, in Bündel, zusammenbinden musste. Da er die Proben nun alle drei glücklich bestanden hatte, erlaubte die Alte ihrer Tochter, ihn zu heiraten, und sie hielten eine fröhliche Hochzeit, zu der Nixen und Nixe in großer Zahl eingeladen wurden.

Zwei Jahre lebten sie glücklich und zufrieden miteinander und bekamen einen wunderniedlichen kleinen Sohn. Da wurde der Schäfer plötzlich von Sehnsucht nach seiner Heimat ergriffen und bat seine Frau, sie möchte ihm doch einmal erlauben, seine Eltern und Geschwister zu besuchen. »Das darfst du wohl«, sagte sie, »und wenn du mir versprichst, wieder mit herabzukommen, will ich selbst mitgehen und dich in dein Dorf führen.«

Sie nahm ihr Kind auf den Arm und ging mit ihrem Mann zusammen die Stufen hinauf. Sie besuchten seine Eltern und alle Bekannten, und nachdem sie drei Tage im Dorf verbracht hatten, sprach seine Frau: »Nun müssen wir umkehren, sonst kannst du dich von diesem Leben nicht mehr trennen.« Wehmütig nahm er Abschied und folgte ihr. Als sie aber zum See kamen und sich das Wasser auftat, graute es ihm. Er konnte sich nicht entschließen, wieder hinunterzusteigen, und bat seine Frau, mit ihm oben zu bleiben. »Wir helfen meinen Eltern, den Acker zu bebauen«, sagte er, »und wenn wir auch nicht so gut leben wie dort unten, so sehen wir doch den blauen Himmel und die helle Sonne über uns.« Doch sie schüttelte traurig den Kopf und erinnerte ihn an die Liebe und Treue, die er ihr gelobt hatte.

»Wenn du nicht wieder mit mir kommst«, sprach sie, »so müssen wir unser Kind teilen, denn es gehört uns beiden. Sieh, wie es lacht!« Damit hielt sie ihm das Kind hin, und das kleine Kind streckte die Arme freundlich nach ihm aus. Da weinte der Schäfer von Herzen und bat die Nixe, sie solle den Knaben allein behalten. Er versprach, sie täglich am See zu besuchen, doch mit hinabkommen, das könne er nicht mehr, lieber wolle er sterben. »Wenn du nun oben bleibst«, sagte sie, »so müssen wir uns auf ewig trennen, und ich darf von unserem Kind nicht mehr behalten, als mir gehört.«

Sie küsste ihren Mann zum Abschied, teilte das Kind und hieß ihn wählen, welche Hälfte er wolle. Er nahm die untere Hälfte, da nahm sie die obere und warf sie in den See, wo alsbald ein munterer Fisch daraus wurde, der fröhlich davonschwamm. Der Schäfer sah dem Fischlein nach, die Nixe stieg die Stufen hinab, und das Wasser schlug über ihr zusammen. Da grub der Fischer seine Hälfte des Kindleins am Ufer ein, und alsbald wuchs eine Lilie an der Stelle empor und neigte sich über das Wasser, und in der Dämmerung sah man oft, wie der Fisch bei der Lilie auf und nieder schwamm.

Märchen aus Deutschland

Die drei Schlangenblätter

Es war einmal ein armer Mann, der hatte einen einzigen Sohn, er konnte ihn aber nicht mehr ernähren. Da sprach der Sohn: »Lieber Vater, es geht Euch so kümmerlich, Ihr könnt mir das Brot nicht mehr geben. Ich will fort und sehen, wie ich mir durch die Welt helfe.« Da gab ihm der Vater seinen Segen und nahm mit großer Trauer Abschied, der Sohn aber ward Soldat und zog mit ins Feld.

Als er vor den Feind kam, da ging's scharf her und regnete blaue Bohnen, dass seine Kameraden von allen Seiten niederstürzten. Endlich fiel auch ihr Anführer, da wollten die übrigen fliehen, aber der Jüngling trat heraus, sprach ihnen Mut ein und rief: »Unser Vaterland wollen wir nicht lassen!« Da folgten sie ihm, und er drang ein und schlug den Feind. Wie die Nachricht zum König kam, dass dieser allein die Schlacht gewonnen hätte, erhob er ihn, machte ihn zu einem mächtigen und angesehenen Manne und gab ihm große Schätze.

Dieser König hatte eine schöne, aber wunderliche Tochter, die einen seltsamen Schwur getan: Wer nämlich ihr Herr und Gemahl werden wolle, müsse versprechen, sie nicht zu überleben, also dass, wenn sie zuerst stürbe, er sich lebendig mit ihr müsse begraben lassen; dagegen wollte sie ein Gleiches tun, wenn er zuerst stürbe. Dieser Schwur aber hatte alle Freier abgeschreckt, weil ein jeder sich fürchtete, lebendig ins Grab gehen zu müssen. Nun sah der Jüngling als einer der ersten an des Königs Hof die schöne Tochter und ward von ihrer Schönheit ganz eingenommen, dass er endlich bei dem alten König um sie anhielt. Da antwortete der König: »Wer meine Tochter heiratet, muss sich nicht fürchten, lebendig in das Grab zu gehen« und erzählte ihm, was sie für einen Schwur getan. Aber seine Liebe war so groß, dass er das Versprechen tat und an die Gefahr nicht dachte, und da ward ihre Hochzeit mit großer Freude gefeiert.

Nun lebten sie eine Zeitlang glücklich und vergnügt miteinander, da geschah es, dass die junge Königin krank ward und kein Arzt ihr helfen konnte, also dass sie starb. Und als sie tot dalag, fiel ihm mit Schrecken ein, was er versprochen hatte – dass er sich lebendig mit ihr wolle begraben lassen –, und der alte König ließ alle Tore mit Wachen besetzen, damit er nicht entfliehen sollte, und sprach, nun müsste er halten, was er gelobt hätte.

Als der Tag kam, wo die Leiche in das königliche Gewölbe beigesetzt wurde, da ward er mit hinabgeführt und dann das Tor verriegelt und verschlossen. Neben dem Sarg stand ein Tisch, darauf ein Licht, vier Laibe Brot und vier Flaschen Wein; wenn das zu Ende ging, musste er verschmachten.

Nun saß er da bei dem Sarg voll Schmerz und Trauer und aß jeden Tag nur ein Bisslein Brot, trank nur einen Schluck Wein und sah doch, wie der Tod immer näher rückte. Da geschah es, dass er einmal aus der Ecke des Gewölbes eine Schlange hervorkriechen sah, die sich der Leiche näherte. Und weil er dachte, sie käme, um die Leiche zu verletzen, zog er sein Schwert und sprach: »Solang ich lebe, sollst du sie nicht anrühren«, und hieb die Schlange in drei Stücke. Über eine Weile sah er, wie eine zweite Schlange aus der Ecke herauskroch, doch als sie die andere da tot und zerstückt liegen fand, kroch sie eiligst zurück, kam aber bald wieder und hatte drei Blätter im Munde. Dann nahm sie die drei Stücke von der Schlange, legte sie zusammen, wie sich's gehörte, und tat auf jede Wunde eins von den Blättern. Alsbald fügte sich das Getrennte aneinander, und die Schlange regte sich, war lebendig, und beide eilten fort. Die Blätter aber blieben auf der Erde liegen. Der Mann hatte alles mit angesehen und dachte: »Welch wunderbare Kraft muss in den Blättern stecken! Haben sie die Schlange wieder lebendig gemacht, so helfen sie vielleicht auch einem Menschen.« Da hob er sie auf und legte eins davon auf den Mund der Toten und auf jedes Auge eins. Alsbald bewegte sich das Blut in ihrem Leib und stieg in das bleiche Angesicht, dass es sich wieder rötete. Da zog sie Atem, schlug die Augen auf und öffnete den Mund und sprach: »Ach Gott! Wo bin ich?«

»Du bist bei mir, liebe Frau«, antwortete er und gab ihr etwas Wein und Brot, um sie zu stärken, und erzählte ihr dann alles, wie es gekommen und er sie wieder ins Leben erweckt. Da stand sie fröhlich auf, und sie klopften an der Türe so laut, dass es die Wachen hörten und dem Könige meldeten. Der König kam selbst und öffnete die Türe, da standen beide frisch und gesund, und er führte sie hinauf und freute sich mit ihnen, dass nun alle Not überstanden war. Die drei Schlangenblätter aber, die der junge König mitgenommen, gab er einem treuen Diener und sprach: »Verwahr sie sorgfältig und trag sie zu jeder Zeit bei dir, wer weiß, wie sie uns noch helfen können.«

Es war aber, als ob der Frau, seit sie ihr Mann wieder ins Leben erweckt, das Herz sich ganz verändert und umgekehrt hätte, und als nach einiger Zeit eine Fahrt nach seinem alten Vater geschehen sollte und sie aufs Meer kamen, vergaß sie gänzlich seine große Liebe und Treue, und es erwuchs in ihr eine böse Neigung zu dem Schiffer. Und als der junge König einmal dalag und schlief, ging ihre Bosheit so weit, dass sie zu dem Schiffer sprach: »Komm und hilf mir, wir wollen ihn ins Wasser werfen und zurückfahren, dann will ich sagen, er wär' gestorben und du wärst würdig, mein Mann zu werden und die Krone meines Vaters zu erben.« Da fasste sie ihren Ehemann am Kopf, und der Fischer fasste ihn an den Füßen, und sie warfen ihn über Bord, dass er im Meer ertrinken musste.

Nun wäre der Frau ihr Anschlag gelungen, wenn nicht der treue Diener alles mit angesehen hätte. Er machte heimlich ein kleines Schifflein von dem großen los und fuhr der Leiche nach und fischte sie wieder auf. Darauf nahm er die drei Schlangenblätter und legte sie ihm auf Augen und Mund, davon ward er alsbald wieder lebendig. Nun sprach er zu dem Diener: »Wir wollen rudern Tag und Nacht, damit wir früher bei dem alten König anlangen.« Der König aber, als er sie wiedersah, verwunderte sich und sprach: »Was ist euch begegnet?« Da erzählte ihm der junge König alles, und der alte sprach: »Ich kann's nicht glauben, dass meine Tochter so schlecht soll gehandelt haben«, und hieß sie beide in eine verborgene Kammer gehen, da sollten sie sich vor jedermann heimlich halten.

Bald darauf landete die Frau mit dem großen Schiff und kam vor ihren Vater mit ganz betrübtem Gesicht. Sprach er: »Meine Tochter, warum kommst du allein? Wo ist dein Mann?«

»Ach«, antwortete sie wie in großer Trauer, »er ist plötzlich auf dem Meer krank geworden und gestorben. Dieser gute Schiffer hat mir beigestanden und weiß, wie alles zugegangen ist.« Da öffnete der König die Kammer und hieß die beiden herausgehen, und als sie ihren Mann erblickte, war sie wie vom Donner berührt und sank auf die Knie und rief um Gnade. Der König aber sprach: »Da ist keine Gnade! Er hat für dich sterben wollen, und du hast ihn im Schlaf umgebracht. Du sollst deinen verdienten Lohn haben.«

Da ward sie mit dem Schiffer in ein löcheriges Schiff gesetzt und ins Meer hinausgetrieben.

Märchen der Brüder Grimm

Von dem Königssohn, der noch zu jung zum Heiraten sein sollte

Es war einmal ein König, der hatte in seinem Schloss zehn Stuben, die für jedermann im Haus offenstanden. Nur die elfte Stube durfte niemand außer dem König betreten, und den Schlüssel dazu trug er bei Tage stets in der Tasche, und des Nachts legte er ihn unter sein Kopfkissen. Alle Welt war neugierig, was wohl in dem Zimmer sein mochte, dass es der König so vor den Augen der Seinen verbarg, und am neugierigsten war des Königs junger Sohn. Endlich konnte er der Lust nicht länger widerstehen und schlich sich bei Nacht in das Schlafzimmer seines Vaters und stahl ihm den Schlüssel unter dem Kopf fort. Dann zündete er ein Licht an und ging vor die Tür zur elften Stube, steckte den Schlüssel ins Schloss, drehte ihn um und trat ein. Drinnen waren alle Wände mit schönen Bildnissen behängt, und das schönste von allen war das Bildnis der Prinzessin von Engelland; das war so schön, dass der Königssohn auf der Stelle krank vor Liebe zu der schönen Prinzessin ward und keinen anderen Gedanken hatte, als sie zu heiraten. Deshalb ließ er am anderen Tag alle Maler des ganzen Königreiches auf seines Vaters Schloss kommen und befahl ihnen, dass sie ihn malten, wie er leibte und lebte. Als das Bild fertig war, rüstete er ein Schiff aus und übergab dem Steuermann das Bild, damit er es der Tochter des Königs von Engelland brächte, die über See wohnte. Auch ließ er ihr sagen, dass er in Liebe zu ihr entbrannt sei und sie heiraten möchte. Der Steuermann tat, wie ihm geheißen, überbrachte das Bild und erzählte der Königstochter, was sein Herr ihm aufgetragen. Die Prinzessin lachte aber beim Anblick des Bildes hell auf und sprach: »Sage nur deinem Prinzen Milchbart, dass er noch nicht alt genug zum Heiraten sei! Die grünen Jungen sollten warten, bis sie trocken hinter den Ohren sind!« Und mit Schimpf und Schande musste der Steuermann sein Schiff wieder besteigen und in seine Heimat zurückkehren.

Als der Königssohn hörte, wie sein Bote in Engelland aufgenommen worden war, ward er gelb vor Ärger und rief: »Das ist mir ein böser Splitter! Der sitzt tief! An den Milchbart, an den soll sie denken!« Und er ging hinab in die Küche zu seines Vaters Koch und lernte bei ihm die schönsten Speisen bereiten, so dass kein Fürst sich seiner zu schämen brauchte.

Nachdem er ausgelernt hatte, verließ er das Schloss seines Vaters, fuhr nach Engelland und meldete sich beim König als Koch. Der König von Engelland war ein rechtes Leckermaul, und als er gesehen hatte, dass der neue Koch seine Kunst besser verstand als der alte, jagte er diesen zum Haus hinaus, und der Prinz ward des Königs von Engelland oberster Koch.

Wenn er sein Tagewerk verrichtet hatte, nahm er seine Harfe und setzte sich unter der Königstochter Fenster und spielte darauf und sang dazu und konnte beides so schön, dass die Knechte und Mägde darüber ihrer Arbeit vergaßen und die Leute auf der Straße stehenblieben, um seinen Liedern zu lauschen. Es dauerte gar nicht lange, so litt es die Königstochter nicht länger, sie musste wissen, wer der wundersame Spielmann sei, und wollte ihn sehen. Die Kammerjungfer stieg hinab, um ihn zu holen, kam aber sogleich wieder heraufgelaufen und sagte: »Prinzessin, es ist nur der neue Koch, den Euer Vater jüngst über die Küche gesetzt hat.« Das Herz der Prinzessin war aber so sehr von dem schönen Gesang betört, dass sie sprach: »Ach was, Koch! Ein Koch ist ein Mensch, so gut wie jeder andere«, und die Kammerjungfer musste sich eilen, dass sie die Treppe hinunterkam, um den Sänger heraufzuholen.

Als er dann vor ihr stand und die Harfe so wundervoll schlug und seinen Gesang so herrlich erschallen ließ, gewann die Prinzessin ihn so lieb, dass sie sagte, sie wolle ihn heiraten. »Das ginge wohl, aber es geht doch nicht«, sagte darauf der Koch, »denn wenn mein Herr, der König, davon hört, so hängt er mich am Galgen auf.« Das sah die Prinzessin ein, und darum wurde sie mit dem Koch einig, sie wollten über das Meer fliehen, an einen Ort, wo sie vor ihrem Vater sicher wären. Ein Schiff war bald gefunden, und am anderen Morgen in aller Frühe segelten sie ab.

Sie fuhren drei Tage und drei Nächte über die wilde See, bis sie die Stadt in Sicht bekamen, wo des Prinzen Vater König war. Sie ließen sich dort am Strand aussetzen, und das Schiff fuhr weiter.

Vom Strand zur Stadt war es aber noch ein weiter Weg, und den mussten sie zu Fuß zurücklegen. »Kind«, sagte der Koch, »du bist jetzt keine Prinzessin mehr. Wir müssen darauf achten, unsere Groschen zusammenzuhalten. Darum zieh Schuhe und Strümpfe aus und lauf barfuß, damit du das Schuhzeug für den Feiertag hast.« Die Prinzessin tat, wie er ihr geheißen, aber bald lief sie sich ihre zarten Füße wund auf den harten Kieselsteinen und jammerte und klagte, sie könne nicht weiter. »Dann leg dich ins Gras und wart hier auf mich«, sagte er grob, »ich will derweil sehen, ob ich nicht bei dem König als Koch ankommen kann.«

Nach einer kleinen Zeit kam er wieder und sagte: »Mit dem Koch ist es nichts. Die Stelle ist schon besetzt, und der König hierzulande schickt seine Diener nicht fort, wenn ein anderer kommt. Damit wir aber nicht ohne Unterkunft sind, habe ich vor der Stadt ein kleines Häuschen gemietet; da wird für dich und mich Raum genug sein.« Der armen Prinzessin bluteten die Füße, aber sie musste weitergehen, bis sie endlich an das Häuschen gelangten. Das Häuschen war hübsch und sauber eingerichtet und hatte Küche, Stube und Kammer. »Väterchen«, sagte sie zutraulich, »hier wollen wir glücklich und zufrieden leben!«

»Ach was, glücklich und zufrieden«, brummte er, »wovon sollen wir denn leben? Hacken und graben kannst du nicht mit deinen wunden Füßen. Ich werde in den Wald gehen und Weidenruten schneiden; du magst dann Körbe daraus flechten.«

Als er aber die Weiden gebracht hatte, stachen ihr die harten Ruten die zarten Hände wund, so dass sie nicht flechten konnte. »Mit dir ist rein gar nichts anzufangen!« schalt der Mann. »Füße wund, Hände zerstochen, weder zum Graben und Hacken noch zum Flechten zu gebrauchen! Du bist mir zum Unglück geboren! Was soll ich mit dir nur anfangen?« Da bedeckte sie ihr Gesicht mit beiden Händen und weinte und jammerte und sprach: »Ach, versuch's doch mit etwas anderem; das werd' ich gewiss lernen!«

»Wir werden's sehen!« sprach der Prinz, ging in die Stadt und kaufte ein Spinnrad, darauf sollte sie spinnen. Sie hatte aber ihr Lebtag das Spinnen nicht leiden mögen und wusste auch gar nicht, wie sie's anfangen sollte. Da schalt der Mann und zeigte es ihr. Doch das harte Garn schnitt tief in ihre von den Weidenruten zerstochenen Finger, so dass sie es vor Schmerzen nimmer aushalten konnte. »Sagte ich's nicht?« fuhr er sie an, »das Geld war wieder auf die Straße geworfen! Nicht Hacken und nicht Graben, nicht Flechten und nicht Spinnen verstehst du. Jetzt setz dich hinter den Ofen und lass mich für dich sorgen«, und damit nahm er die Axt auf den Rücken.

Er tat, als ginge er in den Wald, um Holzkloben zu hauen, machte aber, dass er in seines Vaters Schloss kam. Von dort kehrte er am Abend zurück, gab ihr einen Taler und sagte, den hätte er den Tag über verdient. So tat er es eine ganze Woche lang, und die Königstochter war über die Maßen froh, dass sie am Sonnabend sechs harte, blanke Taler in der Tasche hatte. So war ihr Stolz und Hochmut vergangen, doch der Prinz dachte bei sich: »Noch ist sie nicht genug gestraft. Der Milch-bart, der grüne Junge und das Nicht-trocken-hinter-den-

Ohren soll ihr so leicht nicht verziehen sein!« Am Montag sprach er darum: »Mutter, wir haben jetzt ein schönes Stück Geld, davon kannst du einen kleinen Handel anfangen. Ich werde Topfgeschirr kaufen, das magst du dann auf dem Markt an die Leute bringen.«

»Das will ich gern tun, Väterchen«, sagte sie erfreut, denn sie wollte ihrem Mann gern zu Willen sein.

Da ging der Prinz in die Stadt und kaufte für die sechs Taler Topfgeschirr ein und hängte es in einer Bude am Markt auf. Dann ließ er den Kaufleuten in der Stadt bekanntmachen, sie sollten der Topfhändlerin am nächsten Tag für gutes Geld all ihre Ware abkaufen, sonst würde er ihnen zeigen, dass er des Königs Sohn sei.

Als nun die Prinzessin am Dienstag früh auf dem Markt kam, riss sich das Volk um ihr Topfgeschirr, so dass sie nach kurzer Zeit ausverkauft hatte und die Bude zumachen konnte. Vergnügt eilte sie nach Hause und erzählte ihrem Mann davon. Der sprach: »Wir wollen neues Geschirr einkaufen, und morgen setzt du dich an dieselbe Stelle; vielleicht, dass wir doch noch einmal auf einen grünen Zweig kommen!«

Das Geschirr wurde besorgt. Als sie aber am anderen Tag die Bude geöffnet und ihre Ware ausgebreitet hatte, wartete sie zwei lang und zwei breit, aber kein Käufer wollte sich zeigen. Endlich kam eine prächtige Kutsche angefahren, und der Kutscher trieb die Pferde geradewegs auf die Bude zu und fuhr alles Geschirr kurz und klein, so dass kein einziges Stück heil blieb. »Ach, guter Herr«, rief sie in höchstem Schrecken, »erbarmt Euch doch einer armen Frau!« Aber der feine Herr, der in dem Wagen saß und kein anderer als der Prinz selber war, kehrte sich nicht an ihr Wehgeschrei. Er fuhr davon, ohne den Schaden zu ersetzen, und murmelte: »Das hast du für den Milchbart!«

Wie die Prinzessin in ihrem Häuschen anlangte, war ihr Mann schon da und schalt sie, als er von dem Missgeschick hörte: »Zum Graben und Hacken, zum Spinnen und Flechten nicht zu gebrauchen! Und wenn man dann glaubt, es gehe einmal gut, so ist am anderen Tag alle Hoffnung wieder vereitelt. Was fangen wir nun an? Ein Glück, dass ich noch einige Groschen in der Tasche habe! Dafür werde ich Bier und Branntwein, Wurst und Speck, Brot und Semmeln besorgen, und du magst hier bei uns im Wald eine Wirtschaft einrichten.« Die Prinzessin war das zufrieden, und ihr Mann schaffte alle die Dinge heran. Zu gleicher Zeit gab er den Soldaten seines Vaters Befehl, sie sollten am Abend kein Wirtshaus in der Stadt besuchen, sondern hinaus in den Wald gehen und in dem Häuschen ihr Abendbrot verzehren.

Gegen Abend zogen denn auch Soldaten über Soldaten hinaus, und die Königstochter konnte nicht genug schneiden und einschenken, um die Gäste zufriedenzustellen, und ehe sie sich's versah, war der ganze Vorrat ausverkauft. Ihre Augen waren ganz blank, als sie ihrem Mann die harten Taler auf den Tisch zählen konnte. Er aber dachte: »Für den grünen Jungen bist du noch nicht genug bestraft«, und hieß sie neue Vorräte für den nächsten Tag einkaufen. Diesmal erhielten die Soldaten aber den Auftrag, sie dürften der Frau das Genossene beileibe nicht bezahlen, und würde sie böse, so sollten sie alles kurz und klein schlagen, nur an ihr dürfte sich keiner vergreifen.

Die Soldaten taten, wie befohlen, und am Abend war die Prinzessin ärmer denn je zuvor. Als sie ihrem Mann von dem Unglück erzählte, wollte er gar nichts mehr von ihr wissen. Sie bat und weinte aber so lange, bis er ihr versprach, noch ein Allerletztes mit ihr zu versuchen. Auf dem Schloss sei die Stelle einer Küchenmagd frei geworden, die wolle der oberste Koch ihr geben. Sie müsse dabei aber seiner gedenken und sich ein Töpfchen vor den Leib binden und darein von den guten Sachen tun, die in den Schüsseln übrigblieben. Die Prinzessin versprach es ihm.

Als sie den ersten Tag auf dem Schloss gewesen war und am Abend mit ihrem Töpfchen in den Wald zu ihrem Mann gehen wollte, musste sie an dem großen Saal vorbei. Da stand die Tür ein wenig offen, und sie schaute hinein und schaute zu, wie sich die fein geputzten Leute im Tanz drehten. In demselben Augenblick trat des Königs Sohn auf sie zu und forderte sie auf, mit ihm zu tanzen. Sie wollte nicht, weil sie so schlechte Kleider trug und das Töpfchen um den Leib gebunden hatte. Aber ihr Sträuben half nichts, sie musste tanzen, und dabei zog der Königssohn die Schleife des Bindfadens auf, so dass der Topf zur Erde fiel und zersprang und alle die Bratenstücke und Klöße auf den Fußboden rollten. Da ward sie vor Scham über und über rot und wäre am liebsten in die Erde gesunken.

Sie entwand sich den Armen des Königssohns und eilte zum Saal hinaus. Der Prinz warf sich jedoch seinen schlechten Mantel um, holte sie auf der Treppe ein und tat, als hätte er im Schloss auf sie gewartet. »Der Oberkoch ist mein guter Freund«, sagte er zu ihr, »komm und versteck dich in dieser Kammer! Wenn es dunkel geworden ist und die Gäste fort sind, machen wir uns auf über alle Berge, denn hier ist unseres Bleibens nicht mehr.« Damit führte er sie in ein prächtiges Schlafgemach, aber sie sah nichts und hörte nichts. Müde und matt, wie sie war, fiel sie in einen tiefen Schlaf und erwachte auch nicht, als die lichte Morgensonne in ihr Bett schien.

»Jetzt wird sie wohl glauben, dass ich trocken hinter den Ohren geworden bin!« lachte der Prinz und schickte Kammerjungfern zu seiner Frau, die mussten sie wecken und ihr prächtige Kleider anziehen, wie sich's für eine Königin gebührt. Sie ließ sich alles gefallen, doch war ihr, als träume sie nur. Als aber darauf der Prinz eintrat mit dem goldenen Stern auf der Brust und sie in seine Arme schloss, begann sie zu weinen und sprach: »Ach, was wollt Ihr von mir? Ich bin nur ein armes Weib und eines kleinen Mannes Frau!« Der Prinz klopfte ihr aber auf die Schultern und antwortete: »Nicht doch, der Koch und ich sind eins. Du hättest dir manches Leid ersparen können, wenn du nicht so hochfahrend und stolz gegen meinen Boten gewesen wärest.« Als die Prinzessin das hörte, war sie über die Maßen froh und küsste ihren Mann, und es wurde ein prächtiges Mahl angerichtet und noch einmal Hochzeit gefeiert.

Auf der Hochzeit ging es hoch her. Ich muss es wissen, denn ich bin selbst dabeigewesen und habe auftragen helfen. Schuhe gab man mir anzuziehen, die waren aus Glas, und ein Kleid bekam ich, das war von Löschpapier, und von Butter einen Hut setzte man mir auf das Haupt. Nun trank ich aber allzuviel von dem köstlichen Wein, da wurde mir dummlich zumute, und ich stolperte über die Schwelle. Da machten die Pantoffeln »kling« und waren entzwei. In meiner Angst lief ich in die Küche, um nach dem Braten zu schauen. Da schlugen die heißen Dämpfe auf meinen Hut, und er zerrann. Jetzt ward mir kochheiß, und ich lief ins Freie, um mich abzukühlen. Draußen regnete es aber, und das Kleid fiel mir vom Körper, so dass ich nichts mehr auf dem Leib hatte und mit Schimpf und Schande vom Hof gejagt wurde. Da habe ich lange arbeiten müssen, bis ich wieder so viel zusammengebracht, dass ich mich unter den Leuten sehen lassen konnte!

Märchen aus Deutschland

Die Tochter
des Königs von Spanien

*E*s war einmal ein König von Spanien, dem war die Frau gestorben. Da war der König verzweifelt und schwor, niemals wieder zu heiraten, es sei denn, er fände ein Mädchen, welches wie seine verstorbene Gemahlin aussehe und in ihr Hochzeitskleid hineinpasse. Die Königin war aber von so makelloser Schönheit und so vollkommener Gestalt gewesen, dass er ganz sicher war, für den Rest seines Lebens Witwer zu bleiben.

Der König hatte eine Tochter von achtzehn Jahren, die ebenfalls über die Maßen schön war und ihrer Mutter ähnlich sah. Eines Tages zog sie zum Spaß das Brautkleid ihrer Mutter an, und es passte ihr, als sei es für sie gemacht. Als ihr Vater sie in dem Kleid sah, umarmte er sie und rief: »Meine Frau, o meine Frau! Ich habe sie wiedergefunden!«

Die Prinzessin lachte, denn sie glaubte, ihr Vater machte einen Scherz. Es war aber kein Scherz, weshalb einige Leute meinten, der König habe aus Schmerz über den Verlust seiner Gemahlin wohl den Verstand verloren. Am nächsten Tag eröffnete er seiner Tochter nämlich, dass er sie heiraten wolle, und bedrängte sie acht Tage unablässig mit seinen Anträgen, so dass sie keinen Augenblick Ruhe fand. Die Arme war ganz verstört und suchte Rat bei einer alten Frau, welche im nahen Wald in einer armseligen Hütte lebte. Die Alte sprach: »Sorgt Euch nicht, mein Kind! Folgt meinem Rat, dann wird die unvernünftige Leidenschaft Eures Vaters vergehen! Sagt ihm, dass Ihr erst ein Kleid von der Farbe der Sterne haben wolltet, bevor Ihr seinem Wunsch nachgebt.«

Die Prinzessin kehrte nach Hause zurück, und als ihr Vater wieder anfing, ihr von seiner Liebe zu sprechen, sagte sie zu ihm: »Verschafft mir zuerst ein Kleid von der Farbe der Sterne, dann sehen wir weiter!«

Da sandte der König Boten zu allen Tuch- und Stoffhändlern in der Stadt und im ganzen Königreich, die sollten ihm die schönsten und kostbarsten Gewänder bringen, die sie bekommen konnten, gleichgültig, zu welchem Preis. Schließlich wurde ein Kleid von der Farbe der Sterne gefunden.

Als der König es seiner Tochter brachte, wuchs ihre Ratlosigkeit, und sie suchte die Alte ein zweites Mal auf. »Weh mir«, sagte sie, »mein Vater hat ein Kleid von der Farbe der Sterne gefunden.«

»So geht noch einmal zu Eurem Vater«, riet die Alte, »und sagt ihm, dass Ihr nun ein Kleid von der Farbe des Mondes wünschet. Ein solches Kleid werden seine Boten nicht so leicht finden können, und während sie suchen, kommt er vielleicht wieder zu Verstand.«

Als der Vater seine Tochter am nächsten Tag erneut mit seinen Heiratswünschen bedrängte, sagte sie zu ihm: »Jetzt, Vater, will ich erst noch ein Kleid von der Farbe des Mondes haben.«

»Das sollt Ihr bekommen, meine Tochter, mag es kosten, was es wolle!« versprach der König und schickte wieder Boten in alle Himmelsrichtungen aus, und nach zweiwöchiger geduldiger Suche gelang es ihnen, ein solch außergewöhnliches Kleid zu finden, und sie kauften es zu einem sehr hohen Preis. Der König strahlte vor Freude, als er es in Händen hielt, und überreichte es eilends seiner Tochter. Die Verwirrung der Prinzessin stieg nun noch mehr. Was sollte sie tun? Das Drängen ihres Vaters wurde von Tag zu Tag heftiger, und so stahl sie sich eines Abends zum dritten Mal in den Wald, um die Alte zu befragen. »Weh mir«, sagte sie, »er hat mir das mondfarbene Kleid gebracht!«

»Ist das wahr?« fragte die Alte verwundert. »Wie mag ihm das wohl gelungen sein …? Aber das soll uns nicht kümmern!

Geh und verlange jetzt ein Kleid von der Farbe der Sonne. Wir werden ja sehen, ob es ihm gelingt, auch das zu beschaffen!«

Wieder wurden Boten ins ganze Königreich und sogar über seine Grenzen hinaus geschickt, um ein Gewand von der Farbe der Sonne zu suchen. Ein Monat, zwei Monate, drei Monate vergingen, ohne dass auch nur einer von ihnen zurückkehrte, und der König war sehr besorgt. Schließlich aber wurde ein solch herrliches Kleid doch noch gefunden. Der König konnte die Freude kaum fassen. Kaum dass er es erhalten hatte, lief er damit zu seiner Tochter und rief ein über das andere Mal: »Da ist es, da ist es! Sie haben es gefunden! Jetzt können wir heiraten!«

»Ja, Vater«, antwortete die Prinzessin mit großer Ruhe, »Ihr habt mir gebracht, was ich von Euch verlangt habe, und ich muss mein Wort halten.« Doch bei Nacht verließ sie heimlich das Schloss, um die Alte im Wald noch einmal aufzusuchen. »Weh mir! Ich bin verloren!« klagte sie. »Er hat mir auch das sonnenfarbene Kleid gebracht.«

»Wie, zum Teufel, hat er das zustande gebracht?« rief die Alte. »Nun, mein armes Kind, bleibt nur noch eines: Ihr müsst das Haus Eures Vaters verlassen und in der Nacht fliehen. Verwahrt Eure drei schönen Kleider und das Brautkleid Eurer Mutter in einer Truhe und nehmt sie mit Euch, aber legt ein schlichtes Gewand an, so als wäret Ihr die Tochter eines Handwerkers, und seht zu, dass ihr Euch als Magd auf irgendeinem Bauernhof auf dem Lande verdingt.«

Die Prinzessin befolgte die Ratschläge der Alten. Heimlich verließ sie das Haus ihres Vaters und nahm ihre drei wie Sonne, Mond und Sterne schimmernden Kleider und das Brautkleid ihrer Mutter in einer Truhe mit.

Als der König am nächsten Tag feststellte, dass seine Tochter verschwunden war, weinte er wie ein Kind. Er schickte seine Soldaten aus und ließ überall nach ihr suchen. Es fehlte nicht viel, und ein Trupp Berittener hätte sie entdeckt, als sie unter einem Brückenbogen hindurchgaloppierten, unter dem die Prinzessin sich versteckt hatte. Kurz darauf machten die Soldaten kehrt und ritten wieder ganz in ihrer Nähe vorüber, ohne sie zu bemerken, und sie hörte sie sagen: »Wozu noch weitersuchen? Die Prinzessin ist weit klüger als ihr Vater, die finden wir nicht!«

Da verließ sie ihr Versteck und setzte ihren Weg fort. Bei Sonnenuntergang kam sie an ein altes Schloss, klopfte an und bat um eine Unterkunft für die Nacht. Sie sah so müde und erschöpft aus, dass man Mitleid mit ihr hatte und sie freundlich aufnahm. Das Schloss gehörte einer reichen Witwe, die einen einzigen Sohn hatte und es gemeinsam mit ihm bewohnte.

Am nächsten Tag fragte die Prinzessin, ob sie als Magd im Haus bleiben könnte. Da trug man ihr auf, die Schweine zu hüten. So verbrachte sie von nun an ihre Tage mit ihren Tieren in dem Wald, der das Schloss umgab, und nahm ihre Truhe jeden Morgen mit in den Wald, denn sie trennte sich niemals von ihr.

Eines schönen Tages, als die Sonne besonders hell schien, nahm sie ihr sternenfarbenes Kleid aus der Truhe und legte es an. Der junge Herr, der im Wald jagte, erblickte sie darin und lief rasch zu ihr hin, doch sie sah ihn kommen. Schnell zog sie ihr glänzendes Kleid aus, verwahrte es in der Truhe und versteckte die Truhe im Gebüsch. Als er vor ihr stand und keine schöne Prinzessin erblickte, wie er gehofft hatte, sondern nur eine Schweinehirtin, war er enttäuscht. Er sprach kein Wort, machte auf der Stelle kehrt und ging zum Schloss zurück.

Am nächsten Tag legte die Prinzessin ihr mondfarbenes Kleid an. Der junge Herr beobachtete es und eilte zu ihr, aber wieder hatte sie Zeit genug, das Kleid auszuziehen, es in der Truhe zu verstauen und die Truhe im Gebüsch zu verstecken. So sah sich der junge Jäger wie am Vortag der Schweinehirtin gegenüber. Ob seine Augen ihn getrogen hatten?

»Ist nicht gerade eben noch eine schöne Prinzessin hier gewesen?« fragte er die Schweinehirtin. Da antwortete sie: »Ich habe niemanden gesehen, gnädiger Herr« Er machte ein verdrießliches Gesicht, drehte sich auf dem Absatz um und ging. Dabei dachte er: »Ich glaube ihr kein Wort! Diese Schweinehirtin ist nicht, was sie scheint. Ich muss ein wachsames Auge auf sie haben.«

Am nächsten Tag legte die Prinzessin ihr sonnenfarbenes Kleid an. Da war sie so schön, dass die kleinen Vögel in den Zweigen über ihr vor Freude hüpften und lustig zwitscherten, und selbst ihre Schweine bewunderten sie und machten *oh'k oh'k oh'k* vor Entzücken.

Der junge Herr hatte sich hinter einem Baumstamm versteckt und sie beobachtet. Nun wollte er schnell zu ihr laufen, aber ach, der Arme stolperte und fiel in einen Graben, der ganz mit Farnkraut und wilden Gräsern zugewuchert war. So blieb der Prinzessin Zeit genug, ihr schimmerndes Kleid auszuziehen, es in die Truhe zu legen und die Truhe im Gebüsch zu verstecken. Und als der junge Herr endlich bei ihr war, da sah er wieder nur die Schweinehirtin vor sich sitzen. Er wusste jetzt aber, woran er mit ihr war, und überlegte auf seinem Weg zurück zum Schloss, auf welche Weise er die ganze Wahrheit erfahren könnte.

Seine Mutter hatte schon seit langem den Wunsch, ihn zu verheiraten. So lud sie drei junge Fräulein ein, die sollten einige Tage mit ihnen auf dem Schloss verbringen, damit er unter ihnen eine Braut auswählen konnte.

Am Tag vor der Ankunft der Fräulein nahm er sein Gewehr und ging auf die Jagd, um, wie er behauptete, Wildbret für den erwarteten Besuch zu schießen. Er begab sich aber geradewegs zu einem Bauernhof am Waldrand und bat die Bäuerin, drei oder vier Nächte und ebenso viele Tage in einem einfachen Bett zubringen zu dürfen, welches sie in einen dunklen Winkel unter der Treppe stellen sollte. »Jesus!« rief die Frau, »da habt

Ihr's doch nicht bequem, gnädiger Herr! Ich hab' ein schönes Federbett in meiner Kammer, da werdet Ihr Euch wohler fühlen!«

»Nein, nein«, erwiderte er, »ich will in dem Winkel unter der dunklen Treppe liegen. Und morgen früh, da geht Ihr aufs Schloss und bittet um ein bisschen Brühe für eine kranke Bettlerin, die Ihr aus Barmherzigkeit bei Euch aufgenommen habt. Und wenn man Euch fragt, ob Ihr mich vielleicht gesehen habt, so sagt Ihr nein.«

Er legte sich also in das Bett unter der Treppe schlafen, und die Bäuerin ging am nächsten Morgen aufs Schloss und sagte zu der Witwe: »Ich bin gekommen, *Madame*, um Euch um ein wenig frische Brühe zu bitten für eine arme, todkranke Bettlerin, die ich in der letzten Nacht bei mir aufgenommen habe.«

»Aber sicher gebe ich Euch die Brühe, Bäuerin! Kommt nur alle Tage wieder und holt sie Euch, solange die Kranke sie nötig hat! Aber sagt einmal, habt Ihr meinen Sohn gestern nicht gesehen?«

»Wir sehen ihn beinahe jeden Tag, *Madame*, wenn er zur Jagd geht oder wenn er von der Jagd zurückkommt, aber gestern, nein, da haben wir ihn nicht gesehen.«

»Gestern früh ist er wie immer zur Jagd gegangen, aber bis jetzt nicht zurückgekehrt. Ich mache mir Sorgen um ihn. Wenn Ihr ihn seht, sagt ihm, die drei Fräulein, die wir erwarteten, seien angekommen, und er möge rasch heimkehren.«

Die Bäuerin machte sich mit der Brühe auf den Heimweg, und eines der drei Fräulein begleitete sie, um die Kranke zu sehen. Als sie auf dem Bauernhof ankamen, fragte das Fräulein: »Wo ist die arme Frau?«

»Dort im Bett unter der Treppe.«

»Lieber Gott, wie dunkel es dort ist! Bringt mir ein Licht, damit ich die Arme überhaupt erkennen kann!«

»Aber nein! Nur das nicht! Es steht so schlecht um sie, dass sie kein Licht ertragen kann.«

Das Fräulein tastete sich an das Bett heran und fragte mitleidig: »Wie geht es Euch, arme Frau?«

»Schlecht!« antwortete eine Stimme, die so schwach war, dass man sie kaum verstehen konnte. »Weh mir! Mein Ende ist nah. Aber am allermeisten quält mich der Gedanke an mein armes, kleines Kindchen, um welches ich mich nicht genug gekümmert habe, so dass es starb.«

»Quält Euch nicht, arme Frau! Auch ich hatte ein Kind und habe es sterben lassen; es war vom Gärtner meines Vaters, und kein Mensch hat jemals davon erfahren.« Und sie gab der Kranken ein Goldstück und ging.

Am nächsten Tag holte die Bäuerin noch einmal Brühe vom Schloss, und ein anderes der drei Fräulein begleitete sie, um nach der Kranken zu sehen.

»Wie ist Euer Befinden, arme Frau?« fragte sie teilnahmsvoll.

»Sehr schlecht«, antwortete eine Stimme, die außerordentlich schwach war. »Weh mir! Ich muss sterben, aber am meisten quält es mich, dass ich mein uneheliches Kindlein so schlecht versorgt habe, dass es starb.«

»Aber, aber! Das soll Euch nicht quälen! Ich hatte zwei uneheliche Kinder, und beide sind gestorben, und niemand hat jemals etwas davon erfahren.« Das Fräulein gab der Kranken zwei Goldstücke und ging, und der junge Herr dachte bei sich: »Gut, dass ich es weiß!«

Als die Bäuerin auch am dritten Tag wieder Brühe holte, ging das dritte Fräulein mit ihr zum Hof zurück und fragte die angebliche Kranke wie die beiden anderen vor ihr: »Wie geht es Euch, arme Frau?«

»Sehr, sehr schlecht! Ich werde ganz sicher sterben. Aber was mir am meisten zusetzt, ist nicht die Angst vor dem Tod, sondern der Gedanke an mein uneheliches Kindlein, welches starb, weil ich nicht gut für es gesorgt habe.«

»Aber, aber! Macht Euch deswegen doch nicht solche Gewissensbisse! Ich selbst habe drei uneheliche Kinder gehabt, und niemals hat jemand irgendetwas davon erfahren.« Und sie gab der Kranken drei Goldstücke und ging.

»Das werde ich mir gut merken«, dachte der junge Herr bei sich. »Und diese drei wollen mich heiraten!«

Am nächsten Tag sagte er zu der Bäuerin: »Nun geht ein letztes Mal ins Schloss und bittet um Brühe und dazu um einen Korb Salat, den die Schweinehirtin Euch hertragen soll.« Also ging die Bäuerin zum vierten Mal ins Schloss, und diesmal war es die Schweinehirtin, die sie auf dem Rückweg begleitete und ebenfalls bat, die kranke Bettlerin sehen zu dürfen.

»Wie geht es Euch, arme Frau?« fragte sie.

»Schlecht, sehr, sehr schlecht!« wisperte die Kranke. »Ich werde sterben, aber am meisten bekümmert mich, dass ich ein Kindchen hatte, welches ich nicht gut versorgt habe, so dass es starb.«

»Ihr seid verheiratet?«

»Nein. Leider …«

»Lieber Gott, was sagt Ihr da? Ich bin die Tochter des Königs von Spanien und habe den Palast meines Vaters als Magd verkleidet verlassen und mich als Schweinehirtin verdingt, um mich nicht zu versündigen … Aber das ist nicht wichtig! Gott ist barmherzig und voller Güte. Betet aus tiefstem Herzen zu ihm – ich will es auch tun –, und er wird Euch vergeben.« So sprach sie und ging fort. Da dachte der junge Herr bei sich: »Jetzt weiß ich, was ich wissen wollte.« Er stand auf und machte sich vergnügt auf den Weg zurück ins Schloss. Unterwegs schoss er ein Rebhuhn und nahm es nach Hause mit.

Als er eintrat, fiel seine Mutter ihm um den Hals und küsste ihn, und die drei Fräulein machten es ebenso. Er ließ das Rebhuhn braten und erklärte seiner Mutter, dass er auf seinem Zimmer mit den drei Fräulein allein zu Abend essen wolle.

Als das Rebhuhn aufgetragen wurde, zerteilte er es in sechs gleiche Stücke und legte eines auf den Teller des ersten, zwei auf den Teller des zweiten und drei auf den Teller des dritten Fräuleins. Da dachte die letzte: »Ich bin diejenige, welche er am liebsten hat und heiraten wird!«

»Und nun, meine Fräulein«, sagte der junge Herr, »wollen wir tanzen!«

»O ja«, riefen sie, »und danach wollen wir zu Abend essen! Aber wir haben nur einen Tänzer und keinen Musikanten, der uns zum Tanz aufspielt!«

»Hier ist der Musikant, Ihr herzlosen Rabenmütter!« rief er, »und er soll Euch tanzen lehren!« Und er griff nach der Peitsche, die an einem Nagel an der Wand hing, und schlug mit aller Kraft auf sie ein. Da begann ein Jammern und Weinen und Schluchzen, und sie flehten um Vergebung, Mitleid und Erbarmen. »Ihr bettelt um Mitleid?« rief er. »Ja, habt Ihr denn Mitleid mit Euren Kindern gehabt, die Ihr heimlich habt sterben lassen, Ihr eines, Ihr zwei, Ihr drei?« Und er sah eine nach der anderen mit funkelnden Augen an. »Das ist nicht wahr!« schrien sie. »Wie, das ist nicht wahr?« rief er. »Aber Ihr habt es mir doch selbst gestanden! Denn niemand anders als ich war die kranke Bettlerin, der Ihr auf dem Bauernhof Euer Geheimnis anvertraut habt. Schert Euch zu Euren Eltern zurück! Ich will Euch niemals wieder sehen!« Und die armen Fräulein gingen beschämt und bitterlich weinend davon.

Der junge Herr ließ nun die Schweinehirtin rufen. »*Mademoiselle*«, sagte er zu ihr, »Ihr müsst mir endlich die Wahrheit sagen und gestehen, wer Ihr seid. Ich weiß längst, dass Ihr nicht seid, was Ihr scheint.«

»Wer ich bin?« sprach sie. »Oh, ich bin ein armes Mädchen ohne Vater und Mutter oder sonst einen Menschen auf der Welt, der für es sorgt, und das froh war, bei Euch als Schweinehirtin unterzukommen.«

»Wozu die Wahrheit noch länger verheimlichen? Ihr seid die Tochter des Königs von Spanien, und ich weiß auch, warum Ihr aus dem Palast Eures Vaters geflohen seid.«

»Und wer hat Euch das gesagt?«

»Ihr selbst.«

»Ich? … Wann denn und wo?«

»Im Haus der Bäuerin, als ich die kranke Bettlerin gespielt habe, die im Winkel unter der dunklen Treppe lag.«

»Mein Gott, ist das wahr?«

»Das ist ebenso wahr, wie dass ich Euch und keine andere zur Frau haben will.«

Da benachrichtigten sie den König von Spanien, und als er angereist war, feierten sie fröhlich Hochzeit. Ich war selbst beim Festmahl dabei und habe den Bratspieß gedreht. Weil ich meinen Finger aber in alle Soßen steckte und abschleckte, kam ein Koch, der ein rechter Satansbraten war. Er gab mir einen Fußtritt …, und ich flog bis hierher, um euch dies hübsche Märchen zu erzählen.

Märchen aus Frankreich

Die verliebte Stiefmutter

Es war einmal ein alter König, der hatte nur ein einziges Kind, einen Sohn, der war so schön wie kein zweiter Knabe auf Erden. Kaum dass seine Mutter ihn zur Welt gebracht hatte, war sie gestorben, und da der alte König nicht wieder heiraten wollte, nahm er ein junges, schönes Mädchen ins Haus, das den Knaben hegen und pflegen, waschen und kämmen sollte.

Eines Tages sagte Mara, so hieß das Mädchen, zu dem Königssohn: »Willst du deinem Vater nicht sagen, dass er mich heiraten soll? Dann kann ich besser für dich sorgen und werde dich lieber haben als alle anderen Menschen auf der Welt.«

»Ich will es meinem Vater sagen«, erwiderte der Knabe, »doch musst du mich dann auch wirklich lieber haben als die ganze Welt.« Als der König am Abend heimkam, sagte der kleine Sohn zu seinem Vater: »Willst du Mara nicht zur Frau nehmen? Sie ist so hübsch und liebt mich mehr als die ganze Welt!«

»Sie ist jung«, entgegnete der König, »ich bin alt und brauche keine Frau. Sie ist ein armes Mädchen, ich aber bin König!«

Als der Königssohn Mara erzählte, was sein Vater geantwortet hatte, sprach sie: »Geh zu deinem Vater und sag ihm, dass ich ihn so lieben will, wie ein Kind seinen Vater liebt. Ich will doch nur Königin werden, damit ich Tag und Nacht bei dir sein kann, ohne dass die Leute uns Schlechtes nachreden.« Der Knabe ging zu seinem Vater und sagte ihm, was Mara ihm aufgetragen hatte. Da heiratete der alte König die schöne junge Mara, und als der Königssohn herangewachsen war, meinten die Leute, sie passe weit besser zu ihrem schönen Stiefsohn als zu ihrem alten Gatten.

Seit der Zeit, da Mara Königin geworden war, hatte der Königssohn ein goldenes Leben. Was immer sein Herz begehrte, alles gewährte sie ihm; niemals hatte die Sonne auf eine zärtlichere Stiefmutter geschienen. Die Liebe, welche die beiden füreinander empfanden, wuchs von Tag zu Tag, und als der Königssohn achtzehn Jahre alt wurde, meinten die Leute, er und Mara seien Mann und Frau, die sich recht von Herzen liebten. Als dem Königssohn solches Gerede einmal zu Ohren kam, erschrak er, denn er liebte seine Mutter nicht anders, als ein Sohn seine Mutter lieben soll, und bemerkte die leidenschaftliche Liebe seiner jungen Stiefmutter erst jetzt, da schon die Sperlinge auf dem Dach davon wussten. Obendrein hatte er längst eine passende Liebste für sich gefunden, welche die jüngste Tochter eines benachbarten Königs war. Der schöne Jüngling ging darum zu seinem Vater und sprach: »Vater, die Leute reden über mich und meine junge Stiefmutter viel Schlechtes. Ich werde heiraten müssen; ich nehme die jüngste Tochter unseres Nachbarn, des mächtigen Königs jenseits der hohen Berge, zur Frau.« Darauf entgegnete der König: »Du hast recht, mein Sohn! Heirate, heirate bald, damit die Leute nicht noch mehr Böses reden können. Im Übrigen hat deine Stiefmutter ihr Wort gehalten: Sie liebt dich mehr als die ganze Welt!«

Der schöne Königssohn machte sich alsbald auf den Weg zu seiner Braut. Seine Stiefmutter aber verkleidete sich als Handelsfrau, nahm allerlei Sachen in einem Korb mit sich und eilte dem Sohn nach. Sie holte ihn ein und bat ihn, ihr etwas abzukaufen: »Kauf eine von diesen Haarnadeln! Wer eine solche besitzt, bleibt ewig jung und schön!« Da kaufte der Königssohn zwei Haarnadeln, eine für sich, die andere für seine Geliebte. Als er oben im Gebirge war, steckte er sich die eine Nadel ins Haar, aber welch Unglück kam da über ihn! Er sank zu Boden und fiel in tiefen Schlaf, und wie er so schlief, wuchsen rings um ihn herum dichte Büsche, Sträucher und Bäume auf, die ihn von allen Seiten verdeckten, so dass kein Auge ihn erblicken konnte.

Der alte König wartete lange vergeblich auf die Rückkehr seines Sohnes. Endlich schickte er Leute zu dem benachbarten König und ließ nach seinem Sohn forschen. Als die Leute zurückkehrten, meldeten sie dem König, dass sein Sohn nicht bei seiner Geliebten gewesen sei und sie ihn im ganzen Reich nicht hätten finden können. Da ließ der König seine junge Frau vor sich rufen und sprach zu ihr: »Sag, wo ist mein Sohn? Du allein weißt es! Wäre er tot, so wäre dein Schmerz größer als der meine, doch du allein bist froh und guter Dinge, während wir alle trauern.« Die Königin lachte. »Warum soll ich traurig sein, wenn dein Sohn sich doch wohl befindet und ich weiß, wo er ist?« sprach sie. Da wurde der König zornig und ließ die Königin töten, denn ebenso wie alle anderen Leute glaubte er, dass sie allein schuld sei an dem Verschwinden des schönen Königssohnes.

Aus Kummer, dass sie ihren Liebsten verloren hatte, verließ die jüngste Tochter des Nachbarkönigs ihren Vater. Sie zog hinauf in das Gebirge, wo sie sich eine Hütte bauen ließ und fern von allen Menschen leben wollte. Eines Tages sah sie eine goldene Schlange aus einem dichten Gebüsch schlüpfen. Die Schlange glitt auf sie zu und bat um ein wenig Milch. Da stellte die schöne Jungfrau ihr einen ganzen Napf voll Milch hin. Die Schlange trank ihn aus und sprach: »Du hast ein gutes Herz und verdienst, dass der schönste Mann der Erde dein Gemahl wird. Komm mit mir, und ich führe dich zu dem verzauberten Königssohn. Nimm die Haarnadel aus seinem Haar, und er wird erwachen.« Da folgte die Königstochter der goldenen Schlange durch dichtes Buschwerk zu dem schlafenden Königssohn. Sie zog die Nadel aus seinem Haar, und er erwachte. Als er seine Geliebte vor sich stehen sah, umarmte und küsste er sie, und als sie heimgekehrt waren, feierten sie

ihre Hochzeit neunzig Tage lang, und als ich am neunund-
achtzigsten Tag auch zugegen war, da haben sie mir ihre
Geschichte erzählt.

Märchen der transsilvanischen Zigeuner

Von einem listigen Jüngling
und seiner schönen jungen Stiefmutter

Einst lebte ein Jüngling mit Namen Dschahiz, der hatte eine junge, schöne Stiefmutter, die er sehr liebte, allerdings in einer Weise, wie es sich für einen Sohn eigentlich nicht ziemte. Leider war er so hässlich wie sie schön; zu seinem Glück war sie jedoch so einfältig wie er gewitzt und klug, und so dachte er sich eine List aus, mit der er ihre Gunst zu gewinnen und sie zu verführen hoffte. Er schrieb ihr einen falschen Brief, den er mit dem Namen ihres Vaters unterzeichnete, und machte sie darin glauben, dass jener im Sterben liege und keinen sehnlicheren Wunsch habe, als die einzige Tochter noch einmal in die Arme zu schließen.

Als die junge Frau den Brief las, war sie gleich bereit, zu ihrem todkranken Vater zu eilen, um ihm seine letzte Bitte zu erfüllen. Fürsorglich bot Dschahiz ihr seine Begleitung an, und sie willigte gern darin ein. Während sie sich nun in aller Eile reisefertig machte, nutzte er die Gelegenheit und schlich sich heimlich davon, um rechts und links des Weges, den sie einschlagen würden, Reiseproviant zu verstecken.

Am nächsten Morgen brachen sie in aller Frühe auf. Sie waren schon eine Weile geritten, und die Sonne brannte heiß, da bat die junge Frau ihren Stiefsohn um eine Erfrischung. Dschahiz entschuldigte sich tausendmal und erklärte, in der Eile des Aufbruchs ganz vergessen zu haben, irgendetwas zu essen oder zu trinken für sie beide mitzunehmen. Er bat sie, sich noch ein wenig zu gedulden. »Sobald wir das nächste Dorf erreicht haben, bekommst du alles, was dein Herz begehrt!« versprach er ihr. In diesem Augenblick krächzte in ihrer Nähe ein Rabe. Dschahiz stutzte, lauschte und rief dem Raben empört »O du Lügner!« zu. Die Stiefmutter schaute ihn verwundert an. »Wen schiltst du einen Lügner?« wollte sie wissen. »Jenen Raben dort!« erwiderte Dschahiz aufgebracht. »Er wollte mir weismachen, der freche Kerl, dass hinter diesem Baum hier Limonen, Brot und Fisch versteckt seien!«

»Wie, du verstehst die Sprache der Vögel?« fragte die Stiefmutter und staunte.»Nun ja«, erwiderte Dschahiz, »ich bin zwar jung an Jahren, doch habe ich schon fleißig studiert. Vor einiger Zeit fielen mir ein Wörterbuch und eine Grammatik der Vogelsprache in die Hände. Ich habe beides gründlich gelesen und verstehe seither alle Vögel.«

Die junge Frau spürte nun auch ihren Hunger, weshalb sie Dschahiz bat, einmal hinter dem Baum nachzusehen: »Es könnte doch sein, dass der Rabe die Wahrheit gesprochen hat, nicht wahr? Und es wird uns nicht lange aufhalten!«

Dschahiz sah hinter dem Baum nach, und, o Wunder, fand Limonen, Brot und Fisch. Nun staunte die Stiefmutter noch mehr und hielt Dschahiz für einen großen Gelehrten, weshalb sie, als sie später weiterritten, immer wieder voll Bewunderung zu ihm hinüberblickte.

Sie waren noch nicht lange unterwegs, da hörten sie, ganz in ihrer Nähe, das Krächzen eines zweiten Raben. »O du Erzlügner!« rief Dschahiz ihm zu. »Was hat er denn gesagt?« fragte die Stiefmutter und tadelte Dschahiz, weil er den Raben vorschnell der Lüge bezichtigte. Hatte ihr erstes Erlebnis denn nicht gezeigt, dass der Hinweis des Raben die lautere Wahrheit gewesen war?

»Wenn es denn wieder stimmt«, erwiderte Dschahiz, »werden wir in dem Gebüsch dort hinten Braten und Pasteten finden«, ging hin, sah nach, und wieder war's richtig. Die Stiefmutter hielt Dschahiz nun für einen noch größeren Gelehrten, ja, beinahe für einen Heiligen, und küsste ihm ehrfurchtsvoll die Hände.

Nachdem sie gut gespeist hatten, ritten sie weiter, doch je länger sie ritten, umso heftiger quälte sie der Durst, denn zu trinken hatte es bislang ja gar nichts für sie gegeben. Plötzlich flog in ihrer Nähe ein dritter Rabe mit lautem Krächzen auf. »O du Spitzbube!« rief Dschahiz ihm zu, was der Stiefmutter gar nicht gefiel. »Lieber, lieber Sohn«, sprach sie in vorwurfsvollem Ton, »beleidige nicht diesen Raben, da doch seine Brüder so wahr wie der Prophet – Gott schütze ihn und gebe ihm Heil – gesprochen haben! … Was hat er denn gesagt?«

»Er hat gesagt«, antwortete Dschahiz, »dass hier, unter dieser mächtigen Baumwurzel, Flaschen mit Wein und süßen Säften vergraben seien«, grub nach … und fand die Flaschen.

Sie labten sich an süßem Wein und an noch süßeren Säften und lagen noch wohlig ausgestreckt im weichen Gras, als hoch über ihren Köpfen ein vierter Rabe dahinflog und laut krächzte. Da sprang Dschahiz in höchster Erregung auf, und sein Gesicht war hochrot vor Zorn, als er zu dem Raben hinaufschrie: »O du Lügner, du Spitzbube, du schamloser Wicht!«

»Lieber, lieber Sohn«, rief die Stiefmutter, »beruhige dich, mäßige dich … und beleidige diesen Raben nicht, da doch seine Brüder so wahr wie der Koran gesprochen haben! … Was hat er denn Schlimmes gesagt?« Doch diesmal blieb Dschahiz stumm und wollte die vernommene Botschaft nicht übersetzen. »Nein, nein, nein«, sagte er, »ich schäme mich zu sehr … Obwohl …«, er hielt erschrocken inne, »obwohl ein großes Unglück geschehen wird, wenn ich schweige!« Die Stiefmutter drängte Dschahiz jedoch so sehr, ihr auch die Worte des vierten Raben zu verraten, dass sein Verantwortungsbewusstsein schließlich den Sieg über sein Schamgefühl davontrug, und so sprach er denn mit bebender Stimme: »Er hat gesagt …, nun ja …, er hat gesagt, du müsstest mich auf der Stelle küssen und umarmen, wenn du nicht wolltest, dass dein Vater noch in dieser Stunde stirbt!« Nun war es heraus! Was war zu tun, da doch die Glaubwürdigkeit des Raben außer Zweifel stand? Durfte man auf eine so

144

schändliche Bedingung eingehen? Nie im Leben! Dschahiz weigerte sich. Doch je heftiger er sich weigerte, umso dringender bettelte und flehte die Stiefmutter, Dschahiz möge sich überwinden und die Bedingung überfüllen, um das Leben des Vaters zu retten. Schließlich gab Dschahiz ihrem Drängen nach – er hatte eben ein zu gutes Herz – und erlaubte, dass sie ihm Hände, Stirn und Wangen küsste und ihn zärtlich umarmte. Und beide waren sie glücklich dabei … Ob es bei einer Umarmung blieb? Das weiß ich nicht, aber selbst wenn ich es wüsste, würde ich es nicht ausplaudern!

Arabisches Märchen

Von dem Bauern,
der nicht zu lügen verstand

Es war einmal ein König, der besaß eine Ziege, ein Lamm, einen Widder und einen Hammel, und da er die Tiere sehr liebte, wollte er sie nur dem allerzuverlässigsten Hirten anvertrauen. Nun hatte der König einen Bauern, den er *Massaru Verità*, Bauer Wahrhaftig, nannte, weil noch niemals eine Lüge über dessen Lippen gekommen war. Diesem Bauern übergab der König die vier Tiere, und von nun an musste *Massaru Verità* jeden Samstag in die Stadt kommen und seinem Herrn Bericht erstatten.

Wenn der Bauer vor den König trat, nahm er seine Kappe vom Kopf, und in immer gleicher Rede und Gegenrede führten die beiden darauf das folgende Gespräch:

>*Guten Morgen, riali (königliche) maestà!«*
>*Guten Morgen, Massaru Verità!«*
>*Wie geht es der Ziege?«*
>*Ist weiß und keck.«*
>*Wie geht es dem Lamm?«*
>*Ist weiß und schön.«*
>*Wie geht es dem Widder?«*
>*Ist schön anzusehen.«*
>*Wie geht es dem Hammel?«*
>*Ist schöner als schön.«*

Der König vertraute seinem Bauern. Er glaubte ihm jedes Wort, das er sagte, und sobald das letzte Wort gesprochen war, kehrte der Bauer zu seinen Tieren auf den Berg zurück.

Unter den Ministern des Königs gab es aber einen, der die Gunst, welche der König dem Bauern erwies, mit neidischen

Augen ansah. Eines Tages trat dieser Minister vor den König und sprach: »Ob dieser alte Bauer wohl wirklich unfähig ist, eine Lüge auszusprechen? Ich möchte wetten, dass ich ihn bis zum nächsten Samstag dazu verleiten kann!«

»Meinen Kopf will ich verlieren«, rief der König, »wenn Euch das gelingt, und verlange den Euren, wenn Ihr keinen Erfolg habt und er bei der Wahrheit bleibt!« So war die Wette zwischen den beiden denn abgemacht; wer sie verlor, würde seinen Kopf verlieren ...

Je weiter die Zeit voranschritt und je näher der Samstag kam, um so verdrießlicher wurde der Minister. Er zerbrach sich den Kopf, aber ihm wollte kein Mittel einfallen, um *Massaru Verità* zur Unwahrheit zu verführen. Als seine Frau ihn so schlechter Laune sah, fragte sie besorgt: »Was drückt Euch, dass Ihr so verstimmt seid?«

»Lass mich Ruhe!« herrschte er sie an, »ich will nicht darüber reden!« Sie bat ihn aber so geduldig und freundlich, dass er es ihr schließlich erzählte. »Oh«, sagte sie und lachte, »ist es weiter nichts? Das will ich schon zuwege bringen!«

Am nächsten Morgen legte sie ihre schönsten Kleider und ihren kostbarsten Schmuck an. Sie befestigte über ihrer Stirn einen diamantenen Stern, stieg in ihren Wagen und fuhr auf den Berg, wo *Massaru Verità* die vier Lieblingstiere des Königs weidete.

Als sie vor dem Bauern erschien, blieb er wie versteinert stehen, denn sie war über die Maßen schön.

»Ach lieber Bauer«, sprach sie, »wollt Ihr mir wohl einen Gefallen tun?«

»Edle Herrin«, antwortete der Bauer, »befehlt mir, was Ihr wollt; ich werde es tun.«

»Sieh, ich bin guter Hoffnung«, sprach sie, »und habe ein unwiderstehliches Gelüst nach einer gebratenen Hammelleber. Wenn ich keine bekommen kann, so muss ich sterben.«

»Edle Herrin«, antwortete der Bauer, »verlangt von mir, was Ihr wollt, aber eine Hammelleber, nein, die kann ich Euch nicht geben. Der Hammel gehört dem König, und er liebt ihn; ich kann ihn nicht schlachten.«

»Ich Unglückselige!« jammerte die Frau, »so muss ich denn sterben, da du mein Gelüst nicht befriedigen willst! Ach, lieber Bauer, schlachte den Hammel für mich! Der König weiß ja nichts davon. Du kannst ihm doch sagen, der Hammel sei den Berg hinabgestürzt.«

»Nein«, widersprach *Massaru Verità*, »das kann ich nicht sagen, und die Leber kann ich Euch auch nicht geben, nein!«

Da jammerte die Frau noch lauter und tat, als ob sie gleich sterben würde. Weil sie aber so überaus schön war, berückte sie das Herz des Bauern ganz und gar. Er ging hin und schlachtete den Hammel, briet die Leber und brachte sie ihr. Sie aß die Leber voller Freude und genas auf der Stelle, nahm Abschied von dem Bauern und fuhr heim.

Kaum war sie fort, fiel es dem armen Bauern schwer aufs Herz: Was sollte er dem König am Samstag sagen? In seiner Ratlosigkeit nahm er seinen Stock und pflanzte ihn vor sich in die Erde. Er hängte seinen Mantel darüber, trat dann einige Schritte zurück und begann:

»Guten Morgen, königliche maestà! ...«

Sobald er aber bei der letzten Frage des Königs angelangt war, bei der Frage nach dem Hammel, blieb er stecken und wusste keine Antwort. Er versuchte es mit Lügen: »Der Hammel wurde geraubt«, oder: »Der Hammel hat sich zu Tode gestürzt«, oder: »Der Hammel ist mir davongelaufen«, doch blieben ihm alle Lügen in der Kehle stecken. Da nahm er seinen Stock und steckte ihn an einer anderen Stelle in die Erde, hängte wieder den Mantel darüber und begann von neuem, aber es erging ihm ebenso wie zuvor ...

In der Nacht konnte er nicht schlafen und grübelte und grübelte; erst gegen Morgen fiel ihm endlich eine passende Antwort ein. »Ja«, dachte er, »so wird es gehen!«

Froh stand er auf, nahm Stock und Mantel und machte sich auf den Weg in die Stadt, denn mittlerweile war es Samstag geworden. Unterwegs blieb er von Zeit zu Zeit stehen und stellte wieder Stock und Mantel vor sich hin. Er sagte die ganze Unterredung mit dem König noch einmal her, und jedes Mal gefiel ihm seine letzte Antwort besser.

Als er in das Schloss trat, saß dort der König mit seinem gesamten Hofstaat. Nun sollte sich die Wette entscheiden, und alle waren gespannt. Der Bauer nahm seine Kappe vom Kopf, er begann wie üblich, und Rede und Gegenrede nahmen ihren Lauf:

»Guten Morgen, riali maestà!
»Guten Morgen, Massaru Verità!«
»Wie geht es der Ziege?«
»Ist weiß und keck.«
»Wie geht es dem Lamm?«
»Ist weiß und schön.«
»Wie geht es dem Widder?«
»Ist schön anzusehen.«
»Wie geht es dem Hammel?«
»W a r schöner als schön!
Mein Herr und König,
Lügen verschmäh ich:
Eine Dame, weiß und schön,
kam auf meine Bergeshöhen.
Konnt' ihrem Glanz nicht widerstehen,
sie war z u schön anzusehen,
hab' den Hammel geschlacht,
ihr die Leber gebracht!«

Da klatschten alle voll Freude in die Hände, und der König beschenkte seinen treuen Bauern reichlich. Der Minister aber musste seinen Neid mit dem Leben büßen.

Märchen aus Italien

Der Brahmane und sein ehebrecherisches Weib

In einem gewissen Ort lebte ein Brahmane mit Namen Jadschnjadatta, »der vom Opfer gegebene«. Jadschnjadatta hatte eine ehebrecherische Frau, die ihr Herz an einen andern gehängt hatte. Jeden Tag buk sie aus geschmolzener Butter und Zucker allerlei Leckerbissen für ihren Liebhaber und steckte sie ihm hinter dem Rücken ihres Ehemannes zu. Eines Tages beobachtete ihr Mann sie bei der Zubereitung und sagte: »Wozu, Liebe, all dieses Backwerk, und wohin bringst du es immer?« Sie ließ sich rasch eine Lüge einfallen und erwiderte: »Nicht weit von hier ist eine Kapelle der erhabenen Göttin. Dahin bringe ich Opfer, nachdem ich vorher gefastet habe, und mannigfache unvergleichliche Speisen.« Darauf nahm sie die Leckereien und machte sich damit vor den Augen ihres Mannes auf den Weg zur Kapelle der Devī. »Denn«, so dachte sie, »wenn ich sie der Göttin heute als Opfergabe darbringe, wird mein Mann denken, dass seine Brahmanin die Speisen stets zu der erhabenen Göttin bringt.«

In der Zeit aber, da die Frau zum Fluss hinabstieg, um das vorgeschriebene reinigende Bad zu nehmen, war ihr Mann auf einem anderen Weg zur Kapelle gelangt und hatte sich im Rücken der Göttin versteckt, so dass er nicht gesehen werden konnte. Am Altar der Göttin angekommen, führte die Frau die bei dem Opfer vorgeschriebenen Zeremonien des Waschens, Salbens, Bekränzens und Beräucherns aus. Alsdann verneigte sie sich vor der Göttin und bat: »Sage mir, Erhabene, durch welches Mittel mein Mann erblinden würde!«

Da antwortete der hinter der Göttin stehende Brahmane mit verstellter Stimme: »Wenn du deinem Mann jeden Tag

Kuchen und andere Leckereien zu essen gibst, so wird er bald blind sein.«

Die Ehebrecherin, deren Herz sich durch die falsche Rede hatte täuschen lassen, verwöhnte ihren Mann fortan mit leckerem Backwerk, und eines Tages klagte dieser ihr: »Liebe, was ist das? Ich kann nicht ordentlich sehen!«

Als die Frau ihren Ehemann solcherart reden hörte, dachte sie: »Das ist die Gnade der Göttin, die endlich wirksam wird.« Darauf besuchte ihr herzliebster Galan sie frech jeden Tag und dachte bei sich: »Was kann mir dieser blindgewordene Brahmane schon tun?« Als der falsche Blinde den Liebhaber seiner Frau jedoch wieder einmal ins Haus kommen und ganz nahe bei sich sah, packte er ihn an den Haaren und traktierte ihn so lange mit Stockschlägen, Fußtritten und Ähnlichem, bis er den Geist aufgab. Seiner schlechten Frau aber schnitt er die Nase ab und verstieß sie.

Märchen aus dem Pančatantra

Der Zimmermann und
sein treuloses Weib

In einem Ort wohnte einmal ein Zimmermann namens Vîradhara, »der einen Mann Tragende«, der hatte eine Frau, welche Kâmadaminî, »die Bezähmerin des Liebesgottes«, hieß. Kâmadaminî war wollüstig und hatte einen schlechten Ruf bei den Leuten. Der Ehemann wusste, was über seine Frau geredet wurde, und dachte bei sich:»Wie kann ich sie wohl auf die Probe stellen? Denn heißt es nicht:

Wenn einst des Feuers Glut kalt ist und glühend
des Mondes Strahl,
dann werden die Frauen keusch sein und
die Bösewichter gut.«

Nachdem er so überlegt hatte, sagte er zu seiner Frau: »Liebe, morgen früh werde ich nach einem andern Dorf wandern; darüber werden einige Tage hingehen. Deshalb musst du mir eine angemessene Wegzehrung mitgeben.« Nachdem die Frau dies gehört hatte, ließ sie vor Freude und Sehnsucht alles stehen und liegen, was sie gerade zu tun hatte, und kochte mit vieler Butter und vielem Zucker eine kräftige Speise für ihren Mann, denn man sagt mit Recht:

Am regnerischen Tag, in wolkiger Nacht,
wenn der Regen im Walde und sonsten strömt,
wenn der Mann in der Fremde weilt,
freut sich sein treuloses, unzüchtiges Weib.

Der Mann stand in der Frühe auf und verließ sein Haus. Sie aber, nachdem sie ihn hatte abreisen sehen, putzte und schmückte sich mit freudestrahlendem Gesicht und konnte kaum das Ende des Tages erwarten. Dann ging sie in das Haus ihres langjährigen Liebhabers und sagte zu ihm: »Mein schlechter Mann ist in ein anderes Dorf gegangen. Du kannst also zu mir kommen, sobald die Leute schlafen.«

Der Zimmermann brachte diesen Tag im Wald zu. Erst am Abend kehrte er in sein Haus zurück, das er durch eine zweite Tür betrat, legte sich unter das Bett und blieb dort versteckt. Bald kam der Liebhaber seiner Frau und ließ sich auf dem Bett nieder. Als der Zimmermann ihn sah, wurde sein Herz von Zorn ergriffen, und er dachte: »Soll ich aufspringen und ihn totschlagen oder alle beide ermorden, wenn sie vor Wollust eingeschlafen sind? … Nein, ich will erst sehen, was sie tun, und hören, was sie mit ihm spricht.«

Mittlerweile hatte die Frau die Haustür verschlossen und stieg nun ins Bett. Indem sie dies aber tat, stieß ihr Fuß an den Körper des Zimmermanns. Da dachte sie: »Das ist sicher mein misstrauischer Ehemann, der mich auf die Probe stellen will. Ich werde ihm einen Frauenstreich spielen!« Während sie so dachte, wurde ihr Liebhaber begierig, sie zu umarmen. Sie legte aber bittend die Hände zusammen und sprach: »O du Hochsinniger, du darfst meinen Leib nicht berühren, denn ich bin ein keusches Weib und meinem Gatten treu! Tust du es doch, so fluche ich dir, dass du in Asche fällst.« Da sprach ihr Liebhaber: »Wenn das so ist, warum hast du mich dann gerufen?« Sie antwortete: »Höre mich aufmerksam an! Heute in der Frühe ging ich zur Kapelle der Tschandika , um die Göttin zu sehen. Da erhob sich plötzlich eine Stimme in der Luft: ›Tochter, was kann ich tun? Du bist meine treue Verehrerin, dennoch wirst du binnen sechs Monaten durch des Schicksals Willen Witwe sein.‹ Darauf entgegnete ich: ›Erhabene, wie du das Missgeschick kennst, so kennst du auch eine Hilfe dagegen. Gibt es nicht ein Mittel, wodurch mein Gatte ein Leben von hundert Jahren erreichen kann?‹ Darauf erwiderte sie: ›O ja, es gibt eines, und es hängt von Dir ab.‹ Da ich dies gehört hatte, rief ich: ›O Göttin, selbst wenn es um mein eigenes Leben ginge, tue es mir kund, damit ich es anwende!‹ Sie antwortete: ›Wenn du heute mit einem fremden Mann das Lager teilst und ihn umarmst, dann wird der Tod, der deinem Gatten droht, ihn treffen, dein Gatte hingegen wird hundert Jahre alt werden.‹ Aus diesem Grunde habe ich dich zu mir gerufen. Nun tue, was dir zu tun gut dünkt. Denn das Wort der Göttin wird sich bewahrheiten, davon bin ich fest überzeugt.« Voll Freude verfuhr darauf der Liebhaber der Frau, wie es ihm gefiel. Der törichte Zimmermann aber, nachdem er die Rede gehört hatte, kroch freudig gerührt unter dem Bett hervor und sagte zu seiner Ehefrau: »Brav, du meine treue Gattin! Brav, du Zierde meines Hauses! Ich hatte mich, da mein Herz durch die Reden schlechter Leute in Angst geraten war, unter dem Vorwand, in ein anderes Dorf zu gehen, unter dem Bett versteckt, um dich auf die Probe zu stellen. So komm denn und umarme mich! Du bist die treueste aller ihren Gatten treu ergebenen Frauen, denn du hast deine Keuschheit in den Armen eines fremden Mannes bewahrt und hast so standhaft gehandelt, um einen plötzlichen Tod von mir abzuwenden und mein Leben zu verlängern.« Nachdem er dies zu ihr gesprochen hatte, umarmte er sie voller Liebe und nahm sie auf die Schulter. Dann sprach er zu ihrem Liebhaber: »O du Hochsinniger, die guten Werke, die ich in einem früheren Leben getan, haben dich hierher geführt. Durch deine Gnade habe ich ein Leben erlangt, das hundert Jahre dauern wird. Darum umarme auch du mich und lasse dich auf meine Schulter nehmen!« Bei diesen Worten umarmte er auch den andern, wie sehr der sich auch sträubte, und hob ihn sich mit Gewalt auf die Schulter. Alsdann tanzte er und schrie: »O du stärkster aller Keuschheitshelden! Auch du hast mir eine Wohltat erwiesen!« und noch mancherlei Ähnliches. Darauf ließ er ihn von seiner Schulter herabsteigen, lief allenthalben an den Türen seiner Verwandten und noch weiter herum und gab allerorten ausführliche Schilderungen der Tugend der beiden. Daher sage ich:

»Den Toren beschwichtigen gute Worte, selbst wenn die Sünd' vor seinem Aug' vollzogen, denn sieh den Zimmermann: Auf seinen Schultern trägt er nicht nur sein Eheweib, nein, auch deren Galan!«

Märchen aus dem Pančatantra

Die drei genasführten Freier

Es war einmal eine sehr reiche und schöne Witwe, deren Mann schon vor ein paar Jahren gestorben war. Zu ihr kamen viele Freier, die sie zur Ehefrau wünschten; sie wollte aber vom Heiraten überhaupt nichts mehr wissen.

Da kamen nun einmal wieder drei junge Männer, die nacheinander ihre Werbung vorbrachten, doch die Witwe schickte sie ebenso heim wie die anderen. Die Männer gaben sich aber damit noch nicht zufrieden, sondern begannen, der Frau mit weiteren Besuchen lästig zu fallen: Ein jeder pries seinen Reichtum und seine Liebe zu ihr, so dass die Witwe ihrer endlich überdrüssig wurde und im stillen Rat hielt, wie sie die Zudringlichen loswerden könnte. Endlich fand sie auch ein gutes Mittel: Sie ließ die drei an einem bestimmten Abend einzeln zu sich kommen, einen jeden immer eine Stunde später als den anderen, aber so, dass sie davon einander nichts sagen durften und ihr Kommen geheimhalten mussten.

Am bestimmten Abend kam nun derjenige, der als erster zur Frau geladen war. Die Frau sprach zu ihm: »Wenn du mich wahrhaft liebst, so verbring eine Nacht wie ein Toter in der Stube im Sarge.« Der Mann war's zufrieden, ließ sich Totenkleider anlegen, ging hin und legte sich lang hingestreckt in den Sarg.

Nach kurzer Zeit kam der zweite Freier. Die Frau fragte ihn: »Wenn du mich wahrhaft liebst, willst du da eine Nacht in der Stube an dem Sarge eines Toten wachen?« Der Mann war's zufrieden und versprach, die Wache zu übernehmen. Die Frau legte ihm weiße Kleider um, band ihm zwei Gänseflügel an die Schultern, gab ihm eine brennende Laterne in die Hand und schickte ihm zum Sarge. Der Mann, der im Sarge lag, schaute auf, dachte: »Wovor brauche ich mich nun noch zu fürchten, wenn ein Engel mich zu bewachen kommt?« und war ganz ruhig.

Hierauf kam zur Witwe der dritte Freier, und sie fragte ihn ebenso wie die andern: »Wenn du mich liebst, willst du mir da eine Leiche aus der Stube tragen?« Der Mann war's zufrieden und sprach: »Und wenn der Teufel sie selbst bewacht, so will ich sie dir holen.« Die Frau schwärzte ihm mit Ruß das Gesicht, band ihm zwei Bockshörner auf den Kopf und schickte ihn in die Stube.

Als er dort eintrat, erschraken alle drei, sowohl der Neuankömmling selbst als auch der Engel und der Tote. Endlich fragte der Teufel den Engel: »Was hast du hier zu tun? Heb dich fort von hier! Ich hab' den Befehl, diesen Toten in die Hölle zu bringen.«

»Und ich habe den Befehl, diesen Toten zu bewachen«, erwiderte der andre.

Nun erhob sich ein Kampf, und der Teufel begann die Oberhand zu gewinnen. Als der Mann im Sarge sah, dass der Teufel der Stärkere war, da fürchtete er, bei lebendigem Leibe in die Hölle getragen zu werden, sprang entsetzt aus dem Sarg und rannte davon, was er konnte.

Als die Kämpfenden sahen, dass der Tote lebendig wurde, erschraken sie so fürchterlich, dass sie an nichts anderes dachten, als ebenso Hals über Kopf davonzulaufen.

Die Witwe, die alles dies aus einem Versteck beobachtete, lachte darüber bis zu Tränen. Seit der Zeit verloren aber die drei alle Heiratslust und ließen die Witwe in Ruh.

Märchen aus Estland

Die Kaufmannsfrau Vāsinī
oder Die Keuschheit

In der Stadt Srīnivāsa wohnte einst ein Kaufmann mit Namen Vāsavadatta. Seine Gemahlin Vāsinī war so anmutig und schön von Gestalt, dass sie darin selbst Rati, »Lust«, eine der beiden Gattinnen des Liebesgottes, übertraf.

Vāsavadatta und Vāsinī hatten ein Söhnchen, welches Sundara hieß. Eines Tages ging Vāsinī in die Schule des Brahmanen Nārāyaṇa, um ihr Söhnchen vom Unterricht abzuholen. Kaum hatte Nārāyaṇa sie erblickt, so war er auch schon liebeskrank, und von Stund an kam er unter dem Vorwand, den Knaben abholen zu wollen, Tag für Tag in ihr Haus, um in ihrer Nähe zu sein. Er unterrichtete und beaufsichtigte ihren Sohn mit ganz besonderer Sorgfalt, und eines Tages machte er ihr gar einen Liebesantrag. Da sie aber keusch und ihrem Ehemann treu war, hielt sie ihn hin, indem sie ihn auf eine Mußestunde an diesem oder am folgenden Tag vertröstete, ohne dass es ihr damit erst gewesen wäre. Als er sie aber wieder und wieder mit seinem Antrag belästigte, beschloss sie, ihm eine Lektion zu erteilen, und gewährte ihm für die nächste Nacht ein Stelldichein in ihrer Wohnung. Da begab sich der Brahmane mit Blumen und anderen zu seinem besonderen Vorhaben geeigneten Dingen am Abend erwartungsvoll in ihr Haus.

Während er sich nun bei ihr erst einmal verborgen hielt und sie noch damit beschäftigt war, Getreidekörner zu zerstoßen, die ihre Schwiegermutter ihr gegeben hatte, näherte ihr Ehemann sich dem Haus. Da sagte sie zu Nārāyaṇa: »Rasch, zieh Frauenkleider an und zerstoße die Körner, bis sich mein Mann niedergelegt hat, nachdem er sich mit mir ergötzt hat.

Sobald er eingeschlafen ist, wollen dann wir beide nach Herzenslust heimlich miteinander scherzen.«

Der Brahmane folgte ihrer Weisung, und als der Ehemann hereinkam und fragte, was das für eine Frau sei, die da Körner zerstoße, antwortete seine Gattin:»Oh, sie ist eine Nachbarsfrau, die gekommen ist, um mir bei der Arbeit zu helfen.«

Darauf entfernte sich das Ehepaar, um beglückt zu scherzen, bis die Nacht vorüber war. Erst am Morgen verließ der Kaufmann sein Haus, und nun endlich konnte Nārāyaṇa ebenfalls das Haus verlassen. Tief bekümmert ging er heim, weil ihm die erhofften Wonnen entgangen waren, und ganz ermattet vom ungewohnten Körnerstoßen ...

Eines Tages begegnete Vāsinī dem Brahmanen auf ihrem Weg, und als er sie anschaute, fragte sie ihn:»Was schaut Ihr so und stoßet nicht?«

Da erwiderte er:»Ist denn schon alles aufgebraucht, was ich das erstemal gestoßen?«

Als ein Jugendfreund sich erkundigte, was diese seltsame Antwort zu bedeuten habe, erzählte er, was ihm begegnet war, und sprach:»Was die Böse tat, ließ sie mich nicht tun; die ganze Nacht ließ sie mich Armen Körner stoßen!« Und mit einem entsagungsvollen Blick auf die schöne Vāsinī sprach er weiter:»Ach, zu welcher Arbeit, Mutter, habt Ihr mich gezwungen! Tausend Rupien solltet Ihr mir dafür geben!«

Märchen aus Indien

Nachwort

Wunderlichstes Buch der Bücher
Ist das Buch der Liebe;
Aufmerksam hab ichs gelesen:
Wenig Blätter Freuden,
Ganze Hefte Leiden ...
Johann Wolfgang von Goethe: *Lesebuch*

... Wir stolpern wohl auf unsrer Lebensreise,
Und doch vermögen in der Welt, der tollen,
Zwei Hebel viel aufs irdische Getriebe:
Sehr viel die Pflicht, unendlich mehr die Liebe!
Johann Wolfgang von Goethe: *Das Tagebuch*

Welch ein Thema, die Liebe zwischen Frau und Mann: Als komplexes Gefühl mit vielen Abstufungen und Facetten ist sie unergründlich, als Thema der Literatur unerschöpflich. Die oben zitierten Anfangszeilen von Goethes Gedicht *Lesebuch* weisen allerdings darauf hin, dass es kein unbedingt heiteres Thema ist. Der Grund ist einfach: »Die glückliche Liebe hat keine Geschichte. Es gibt Romane nur von der Liebe, die zum Tode führt... Was die abendländische Lyrik begeistert, ist nicht die Sinnenfreude oder der reiche Frieden der Vermählten. Es ist weniger die erfüllte Liebe als die Leidenschaft der Liebe. Und Leidenschaft bedeutet Leiden« (Denis de Rougemont: Die Liebe und das Abendland, S. 19).

Ebenso wie die übrige Dichtung schildert das Märchen nicht die glückliche Liebe, sondern die Konflikte, welche durch die Liebe entstehen, ihre Gefährdung und Bedrohung und die Schwierigkeiten auf dem Weg zu ihrer Erfüllung. Es erzählt die Vorgeschichte des Liebesglücks in aller Ausführlichkeit und beschreibt das Glück am gattungsspezifischen Happy End dann mit wenigen Worten und formelhaft als ewig (und) wunderbar. Hierin liegt der Unterschied zur übrigen Dichtung: »*Il n'y a pas d'amour heureux!* ... Es gibt keine glückliche Liebe!« behauptet ein Gedicht von Louis Aragon. Solcher Pessimismus ist dem Märchen fremd, das seinem Wesen nach Wunschdichtung ist und utopische Qualität besitzt. Wenn wir im »Buch der Liebe« Märchen lesen, können wir es in der tröstlichen Gewissheit tun, dass nach allem Leid und allen Prüfungen große Freude folgen wird, vorausgesetzt, dass es sich um »echte« Märchen handelt. Häufig werden mit dem Begriff »Märchen« auch andere Formen der Volksliteratur bezeichnet wie Schwank und Sage oder Mischformen wie Schwankmärchen und Märchen mit sagenhaften Zügen. Für sie gelten andere Gesetze; sie enden meist mit Schadenfreude, Elend, Not und Tod.

Auf welche Weise erzählt das Märchen nun von der Liebe, von ihrem Zauber, von der Erschütterung, die sie auslöst, von den Wünschen, die sie weckt? Das Märchen tut es in dem ihm eigenen flächenhaften, abstrakten Stil, indem es Inneres äußerlich sichtbar macht: Die Eigenschaften und die seelische Befindlichkeit der sich begegnenden Personen wie auch die gefühlsmäßigen Bindungen, die zwischen ihnen entstehen und bestehen, werden in Bildern, Gaben und Handlungen ausgedrückt. Da die Märchenfiguren keine Innenwelt haben, »handeln [sie] im Grunde immer kühl. Selbst wo ... Eifersucht, Besitzwunsch, Liebe und Sehnsucht genannt werden, kann von eigentlichen Gefühlswallungen ... nicht die Rede sein.« (Max Lüthi: *Das europäische Volksmärchen*, S. 17) Leidenschaftliche Liebeserklärungen und feurige Liebeszenen dürfen wir von diesen »blutleeren«

162

Märchenfiguren also nicht erwarten; die sind ihnen wesensfremd; wir finden sie jedoch in den märchenhaften Erzählungen des Orients, die eigenen Stilprinzipien folgen und ihre Personen realistischer schildern.

Wenn die Märchenfiguren aber keine Individualität, keinen ausgeprägten einmaligen Charakter besitzen, woran entzündet sich dann die Liebe? Was macht Frau und Mann füreinander so liebens- und begehrenswert, dass sie wissen: »Diese(n) oder keine(n)!« Meist ist es die Schönheit, welche den Funken auslöst, der die Liebe entfacht, und häufiger weibliche Schönheit als männliche, aber auch männliche Schönheit kann wie ein Schock wirken, wie das folgende Zitat belegt:

»Er schlug sein Visier zurück und grüßte freundlich. Da tat das Mädchen einen hellen Schrei und sprang ins Zimmer. Es war aber die Königstochter gewesen und war über seine Schönheit so erschrocken. Sie eilte zu ihrem Vater und bat ihn: ›Wenn der junge Ritter, der eben in den Hof reitet, mit turnieren will, so tu mir's zu Liebe und weis ihn ab! Der Ritter Wolf tötet ihn sonst, und er ist so schön! Und wenn er tot ist, geh' ich ins Kloster und will keine Königin werden.‹...« (Emil Sommer, Märchen Nr. 7: *Die beiden Brüder*)

Die Schönheit wird im Märchen jedoch nur benannt und in ihrer Wirkung gezeigt, sie wird nicht beschrieben und ausgemalt, ein »Kunstgriff«, den Gotthold Ephraim Lessing (1729–1781) dem epischen Dichter empfiehlt. Das Volksmärchen wendet dieses Verfahren an, ohne die Lessingsche Regel zu kennen, denn es zielt auf universale Gültigkeit und auf das Wesen eines Phänomens, nicht aber auf dessen besondere Ausprägung.

Die Liebe, die durch die Schönheit geweckt wird, drückt sich in den Handlungen der Verliebten aus und gibt deren Leben eine neue Richtung. Von höchster Verführung und nicht nachlassendem Zauber ist die Schönheit im Märchen, wenn sie nicht nur äußerlicher »schöner Schein« ist, sondern zugleich Ausdruck innerer Schönheit: Schönheit ohne Tugend wird nicht geliebt.

Die ersten Märchen erzählen von Begegnungen und Liebesverhältnissen vor der Ehe. Sie handeln von Brautwerbung und Gattenwahl und mahnen zur Vorsicht:

Drum prüfe, wer sich ewig bindet,
ob sich das Herz zum Herzen findet!
Der Wahn ist kurz, die Reu ist lang ...!
Friedrich Schiller: *Das Lied von der Glocke*

Der *goldene Hirsch* führt auf heitere Weise in das Thema ein. Das Märchen zeigt, wie einer zwar mit Hilfe von Geld und Gold in die Schlafkammer einer Prinzessin gelangen kann, sich aber letztlich die Liebe als die Macht und Kraft erweist, die ihn Herz und Krone gewinnen lässt.

La Zentrarola stellt uns ein Aschenbrödel vor, das sich von dem Grimmschen Aschenputtel (KHM 21) in mancherlei Weise unterscheidet. Sie ist eine »Vatertochter«, sie wünscht sich des Vaters Schwert. Sie nimmt ihr Schicksal selbst in die Hand und setzt alles daran, den Mann zu gewinnen, in den sie sich verliebt. Als Küchenmagd verkleidet, sucht sie seine Nähe, so dass ihm ihr Rang und ihre Schönheit verborgen bleiben, doch erfährt sie auf diese Weise, wo und wie sie ihm »von gleich zu gleich« begegnen kann, um ihn zu erobern. Dass er sie auf dem Ball nicht erkennt, liegt nicht daran, dass ihre Schönheit nicht nur seine Augen, sondern auch seinen Verstand geblendet hat – eine solche Erklärung widerspricht der Märchenlogik. Ihre schönen Kleider sind Ausdruck ihrer wahren Identität, die er lange verkennt. Erst die Liebe öffnet ihm die Augen.

In dem Märchen *Die kluge Haustochter* denkt sich das Mädchen eine List aus, um den armen jungen Mann, den ihr Vater betrogen hat und den sie liebt, doch noch zum Ehemann zu bekommen. Sie wartet geduldig auf eine günstige Gelegenheit und schlägt den Vater mit seinen eigenen Waffen. Dabei respektiert sie die Tradition, wonach den Eltern und Verwandten der Braut die Hauptrolle bei der Gattenwahl zukommt.

Vom Grafen und seiner Schwester ist ein weiteres und überraschendes Beispiel dafür, wie eine junge Frau in Liebesdingen selbstbewusst eigene Wege geht. Italo Calvino hat in den zweiten Band seiner italienischen Märchen eine Variante aus Palermo aufgenommen, die er zu Recht als das »wohl schönste italienische Liebesmärchen« bezeichnet. In diesem Märchen mit dem Titel *La sorella del Conte (Die Schwester des Grafen)* fragt der junge König seine Schöne jede Nacht: »Wer seid ihr, Herrin, und woher stammt Ihr? Aus welchem Reich kommt Ihr zu mir?«, worauf sie erwidert: »Was fragt Ihr, mein König, was schaut Ihr herum? Schweiget doch still und liebet mich stumm!«

Die Geschichte von den einhundert abgeschlagenen Köpfen und dem einen Kopf und der Tochter des Sultans erzählt von einem ungestümen, kämpferischen Mädchen, das aus dem Lebensraum des Harems – also des Bereichs orientalischer Häuser, welcher der Familie und insbesondere den Frauen vorbehalten ist – hinausdrängt und seine Vergnügungen außerhalb der Enge des väterlichen Palastes sucht. Gezähmt wird sie erst durch die Liebe, die sie trifft wie ein Blitzschlag, ein *coup de foudre*: Es ist Liebe auf den ersten Blick. Sie ergibt sich kampflos.

Von dem Sommer- und Wintergarten ist ein Märchen der Brüder Grimm, das in der Ausgabe von 1812 als Nr. 68 enthalten ist, später jedoch nur noch in den Anmerkungen zu dem verwandten *Das singende springende Löweneckerchen* (KHM 88) erwähnt wird, mit dem es in einigen Zügen übereinstimmt. Johannes Bolte und Georg Polívka haben den Text wortgetreu in den zweiten Band ihrer Neubearbeitung der »Anmerkungen zu den Kinder- und Hausmärchen der Brüder Grimm« aufgenommen. Es ist eines der vielen Märchen vom Tierbräutigam und gleicht in vielen Einzelheiten dem französischen Feenmärchen *La Belle et la Bête (Die Schöne und das Tier)* der Gabrielle-Suzanne de Villeneuve von 1740. Aus der anfänglichen Abneigung des Mädchens gegen das Tier wird allmählich Zuneigung, je deutlicher sie hinter der hässlichen Erscheinung sein empfindsames, liebenswertes Wesen wahrnimmt. Die Liebe, die sie ihm entgegenbringt, bewirkt am Ende seine Erlösung und Verwandlung in einen schönen Prinzen, doch geschehen kann dies erst, nachdem die Bindung an den Vater aufgehoben ist. Als sie ins Vaterhaus zurückkehrt und wieder »Tochter« wird, gerät die Beziehung zu dem Tier in Gefahr.

La Rana (Die Fröschin) erzählt von einer Tierbraut und deren Erlösung. Da sie sich schließlich nicht mehr versteckt und sich bedingungslos zu ihrer Froschgestalt bekennt, kann es zu der glücklichen Begegnung mit den Feen kommen, die ihre Verwandlung in ein schönes Mädchen zur Folge hat. Aber auch der Prinz hat seinen Anteil an dem Wunder: Beim erstenmal wirbt er um eine geheimnisvolle Fremde, von deren schöner Stimme er auf eine ebenso schöne Erscheinung schließt; er macht sich ein Bild von ihr und ist enttäuscht, als sie diesem Bild nicht entspricht. Beim zweiten Mal wirbt er um die Fröschin, die er so, wie sie ist, liebgewonnen hat.

Das Märchen *Fanfinette und der Sohn der Königs* ist ein hinreißendes Beispiel für einen Geschlechterkampf bis aufs Blut. Es wurde 1961 in Frankreich aufgezeichnet und ist deutlich verwandt mit dem Feenmärchen *L'Adroite Princesse ou les Aventures de Finette (Die gewandte Prinzessin oder Die Abenteuer der Finette)* der Marie-Jeanne L'Héritier de Villandon, welches 1695 erschien. *Finette* bedeutet »die Scharfsinnige, eine, welche die Dinge durchschaut und ihren Verstand gebraucht«, und das Mädchen macht ihrem Namen alle Ehre. Die Autorin des Feenmärchens benutzte die Erzählung *Sapia Liccarda* aus dem Pentamerone (III, 4) des Giambattista Basile als Vorlage, welcher das gewitzte Mädchen als ein Beispiel dafür vorstellt, dass es weit besser ist, Verstand zu besitzen als Gold. Sapia Liccarda verhält sich in Liebesdingen ebenso spröde wie Fanfinette und wird für ihre weise Zurückhaltung vom Dichter am Schluss des Märchens in einem Reim gelobt:

Es wird die nackte Venus selbst, Diana selbst,
von Lieb entglommen,
geachtet nie, wenn sie zu rasch entgegenkommen.

*Von dem klugen Mädchen ist eine Varian*te des türkischen Märchens *Von dem Vater und seinen sechs Töchtern* (siehe den Band »Frauenmärchen aus dem Orient«, Königsfurt Verlag 2006) und damit auch ein Beleg für die enge Verwandtschaft und große inhaltliche Nähe von Märchentypen und –motiven in der Volksliteratur der Länder rund um das Mittelmeer. Die Blumenprobe, die das Mädchen bestehen muss, wird in einer Anmerkung zum Text folgendermaßen erläutert:

»Das Mädchen zieht nämlich die Nelke vor, weil sie, obgleich unscheinbar, doch herrlich duftet, während der Jüngling mehr auf die Schönheit sieht. Außerdem ist die Nelke das Zeichen der glücklichen Liebe; das Mädchen wirft ihrem Liebsten eine Nelke herab, wenn sie seine Bewerbung annimmt.«

Die heiratsscheue Prinzessin erzählt die Geschichte eines trotzigen jungen Prinzen, der sich von der Schönheit einer Prinzessin lange blenden lässt und erst spät zu der Einsicht gelangt, dass sie nicht die rechte Frau für ihn ist. Er hat ihren dämonischen Liebhaber überlistet, nun ist sie frei und könnte ihm gehören, aber nun will er sie nicht mehr; der Zauber ist verflogen. In anderen Märchen, die von der Liebesbeziehung einer Prinzessin zu einem Dämon erzählen, kann die Prinzessin ihren Erlöser erst nach einer Reinigungszeremonie heiraten, welche ihre Entzauberung vollendet, zum Beispiel nach einem Bad. Ein solches Detail fehlt hier; die Hochzeit findet nicht statt.

Das hochmütige Mädchen könnte auch *Man spielt nicht mit der Liebe!* überschrieben sein. So derb wie der Jux, den sich die reiche Kaufmannstochter ausdenkt, ist ihre Bestrafung. Am glücklichsten ist am Ende der Schuster.

Am Ende des Märchens *Von dem Mädchen, das in eine Gans verwandelt wurde* sind die Liebenden wieder vereint. Die Bindung der jungen Frau an ihren Ehemann ist stärker als ihre Bindung an Eltern und Geschwister. Als aber der Ruf ihres Geliebten ertönt, zeigt sich, dass die Liebe zu ihm noch lebendig ist, und sie folgt ihm.

Der tote Geliebte erzählt von Schmerz und Trauer eines Mädchens um ihren verschollenen Geliebten, die so groß sind, dass er im Grab keine Ruhe findet. Er erfüllt ihren heftigen Wunsch nach einem letzten Wiedersehen und enthüllt ihr, dass ihre Brüder ihn umgebracht haben. Der Stein, den sie zur Welt bringt, wird zum Werkzeug, welches die

Mörder bestraft. Eine besonders eindrucksvolle Ausgestaltung des Stoffes vom toten Bräutigam, der seine Braut ins Grab holen will, ist die Ballade *Lenore* von Gottfried August Bürger (1747–1794); sie gab diesem Erzähltyp den Namen.

Das Mädchen, das sich in ein Pferd verliebte und »*Das sind bloß Dinge von dieser Welt!*« sind Märchen der Damara, die Sigrid Schmidt 1997 in Windhuk, Namibia, aufzeichnete. Schon 1960 hatte sie während eines dreieinhalbjährigen Aufenthaltes in Namibia mit dem Sammeln von Märchen begonnen. Dem ersten Aufenthalt folgten in der Zeit zwischen 1972 und 1997 acht weitere Reisen zur Erforschung afrikanischer Volkserzählungen, deren Ergebnisse Sigrid Schmidt in zahlreichen Publikationen veröffentlichte. Die Damara lebten früher in kleinen Familienverbänden über das Land verstreut und ernährten sich in der Hauptsache von Jagd und Veldkostsammeln. Heute ziehen vor allem junge Leute mehr und mehr in die größeren Ortschaften, wo sie Arbeit zu finden hoffen, so dass ihre Lebenswirklichkeit stark von der in den Märchen geschilderten abweicht. Die Damara sprechen Nama, jedoch in regional voneinander abweichenden Dialekten, und häufig auch Afrikaans, die frühere offizielle Landessprache. »Das Pferd ist natürlich nur eine Umschreibung für einen von der Familie als unpassend angesehenen Mann. In anderen Gegenden wird die Geschichte von einem Fisch oder einer Schlange erzählt ... Es ist ein Warnmärchen und schildert, dass eine Liebschaft mit einem solchen Mann das Mädchen ins Unglück stürzt«, erläutert Sigrid Schmidt das erste Märchen. Auch das zweite Märchen ist als Warnung zu verstehen. Die Erzählerin Maria Gowases hörte es von ihrer Großmutter und erklärt dazu: »Die alten Leute haben uns jungen Mädchen Geschichten erzählt, um uns zu zeigen, dass man einen Mann gut kennenlernen muss, ehe man ihn heiratet. Auf diese Weise haben sie uns auch klargemacht, dass sich manche Ehemänner nach der Hochzeit sehr verändern.«

Wenn die Hochzeit gefeiert ist, beginnt für viele Märchenpaare noch nicht die Zeit des ungetrübten Glücks. Die folgenden Märchen erzählen von Schwierigkeiten, die Ehefrau und Ehemann zu bewältigen haben, und von Prüfungen, in denen sie sich bewähren müssen, damit die Ehe gelingt:

Von der jungen Frau, die alle Freier abwies und *Die Pavianfrau* wurden 1987 in Tansania von der Afrikanistin Uta Reuster-Jahn aufgezeichnet, deren Arbeitsschwerpunkt die afrikanistische Erzählforschung ist. Es sind Erzählungen der Mwera, die als Hackbauern im Südosten des Landes leben und matrilineare Deszendenz haben, das heißt, die Abstammung wird in der mütterlichen Linie verfolgt. Sie sprechen eine Bantusprache und verfügen bis heute in ihren Dörfern über eine lebendige Erzählkultur.

Wie die beiden Damara-Märchen haben auch die Mwera-Erzählungen die Wahl eines Heiratspartners zum Thema. Die junge Frau des ersten Beispiels hat sich dabei vor allem von äußeren Kriterien leiten lassen; so hat sie zwar einen schönen Mann, aber keinen, der verlässlich und verantwortungsbewusst ist und seine Pflichten ihr und ihrer Familie gegenüber erfüllt, denn seiner wahren Natur nach ist er ein Tier und denkt nur an die Befriedigung seiner eigenen Bedürfnisse. Der Bruder der Frau – er fungiert in der matrilinear bestimmten Gruppe der Schwester gegenüber als Autoritätsperson – entlarvt den Schwager. Damit ist die Ehe der Schwester zwar zu Ende, aber da sie »zu Hause« ist, bleibt ihr die Familie, und sie steht nicht allein da wie die junge Frau am Schluss der zweiten Damara-

Erzählung. *Die Pavianfrau* erzählt von einem Mann, der sich bei der Partnerwahl über die traditionellen Heiratsvorschriften hinwegsetzt. Üblich wäre es, dass er um seine matrilineare Kreuzkusine wirbt, also um die Tochter des Bruders seiner Mutter, einen geringen Brautpreis zahlt und nach der Eheschließung bei seiner Frau lebt und für deren Familie arbeitet. Um all dies zu vermeiden, macht er eine Pavianin zu seiner Frau, doch er muss erleben, dass sie ihn schädigt und verlässt und er allein zurückbleibt. So spiegeln beide Erzählungen individuelle Wunschphantasien – die junge Frau wünscht einen attraktiven Mann, der Mann mehr Autorität und Unabhängigkeit im eigenen Haus –, zeigen aber durch den negativen Ausgang, dass sich die persönlichen Wünsche den gesellschaftlichen Belangen unterzuordnen haben.

Maria Christa Maennersdoerfer, Dr. phil. Volkskundlerin, Beiträge zur *Enzyklopädie des Märchens,* veröffentlichte 1994 die Anthologie »Märchen und Mythen von Tieren«. *Der Müller und die Wölfin* ist eines der Beispiele in ihrem Kapitel Tiermann–Tierfrau/doppelgestaltige Wesen; sie schreibt dazu: »In der Geschichte vom Müller und der Wölfin mischen sich die Zeiten und die Glaubensvorstellungen in seltsamer und konfliktreicher Weise. Da gibt es also einen Grafen ..., einen aufgeklärten Mann, der mit seiner Zaubermühle nichts anfangen kann. Er stößt sie ab. Das reißende Tier, das alles durcheinanderbringt, ist ein archaisches Wesen, das über zwei Existenzformen verfügt, in die es beliebig hin- und herwechseln kann. Sie ist Mensch in Wolfsgestalt und Wolf in Menschengestalt. Und paßt ganz und gar nicht mehr in ihre Umwelt. Zwar weiß der junge Müller noch, was in dem Fall zu tun ist, und nagelt das Wolfsfell fest, aber gelöst ist der Konflikt nicht, denn die Doppelnatur der Frau bleibt bestehen. Rettung bringen kann nur der Herr der Wölfe. Er ist für die Wolfsfrau die oberste richterliche Instanz, löst den Fall mit einer salomonischen Erkennungs- und Liebesprobe und nimmt der Frau Wolfsfell und Wolfsnatur ab. Die mythische Dimension hat sie verloren, aber das Paar hat sein Glück gewonnen.«

Die Frau auf dem Bild wurde von dem japanischen Literaturwissenschaftler und Volkskundler Anko Satoyama (geb.1949) auf den Miyako-Inseln gesammelt, einer südlich von Japan gelegenen Inselgruppe, die ehemals Teil eines eigenen Königreichs war und heute zur Präfektur Okinawa gehört. Übersetzt hat den Text die aus Deutschland stammende Germanistin Rotraud Saeki, die seit mehr als dreißig Jahren als Dolmetscherin und Übersetzerin in Japan lebt und deren besonderes Interesse der japanischen Volksliteratur gilt (siehe ihre Bücher im Königsfurt Verlag: »Märchen aus Japan«, 2005, und »Erotische Märchen aus Japan«, 2007). Die Bewohner der Miyako-Inseln gehören zwar derselben Volksgruppe an wie die Japaner, sind jedoch, was die Entwicklung ihrer Sprache und Kultur betrifft, wie Rotraut Saeki sagt, »einen vergleichsweise selbständigen Weg gegangen … Als Religionen sind Buddhismus und Schintoismus auf den Inseln vertreten; auffallend ist aber eine Lokalreligion, vielleicht am einfachsten als Schamanismus, vermischt mit den Elementen des Ur-Shintō, zu erklären.« Das Märchen ist eine Liebes- und Ehegeschichte, die, vor allem in ihrem ersten Teil, an eine Erzählung aus dem »Tutinameh«, dem »Papageienbuch«, erinnert. Außergewöhnlich ist der Schluss, die rettende Verwandlung der beiden Liebenden in ein Kranichpaar. Ist sie ein »Märchenwunder«, oder deutet sie auf eine übernatürliche Herkunft, auf besondere magische Kräfte der Frau hin, da doch die Verwandlung gerade in dem Augenblick geschieht, als sie ihrem Mann die Hand reicht? Anders als in dem verblüffend ähnlichen tuwinischen[1] Märchen *Die Tochter von Lusut Khan,* das die Mongolistin/Turkologin Erika Taube bei den Tuwinern, einem türksprachigen Volk von Jäger- und Viehzüchternomaden, im Altaigebirge aufgezeichnet hat, (siehe Literaturverzeichnis dieses Bandes und »Märchen von der Liebe«, Erstausgabe 1999) erlaubt der vorangehende Text des japanischen Märchens keine eindeutige Antwort auf diese Frage.

Das ebenfalls aus Japan stammende Märchen *Yuki-onna oder Die Schneefrau* endet verstörend. Der Ehemann bricht das ihm von der dämonischen Schneefrau auferlegte Schweigegebot und zerstört so sein Lebensglück. Wie häufig in den japanischen Gespenster- und Geistergeschichten, gibt es für den schuldig gewordenen Menschen keine zweite Chance. Der Schriftsteller Lafcadio Hearn (1850–1904), der von 1890 bis zu seinem Tod in Japan lebte, berichtet in einem seiner vielen Werke über japanische Kultur und Glaubensvorstellungen das folgende Erlebnis:

»Es hatte am Morgen stark geschneit, aber jetzt war der Himmel und die scharfe, stille Luft, diamantklar. [Da] kam es mir in den Sinn, den Gärtner zu fragen: ›Sage, Kinjurō, gibt es einen Schneegott?‹

›Ich weiß es nicht…, aber es gibt die Yuki-onna, die Schneefrau.‹

›Und was ist die Yuki-onna?‹

›Sie ist die weiße Frau, die die Gesichte im Schnee macht … Bei Tage hebt sie nur sachte den Kopf und erschreckt die einsamen Wanderer, aber bei Nacht streckt sie sich oft höher empor als die Bäume, blickt dann eine kleine Weile um sich und fällt dann in einer Schneewehe zu Boden.‹

›Wie sieht ihr Gesicht denn aus?‹

›Über und über weiß, es ist ein ungeheures Gesicht, und es ist ein einsames Gesicht.‹

›Und sehen die Leute sie auch jetzt noch manchmal?‹
›Ja.‹«

Der Metzgergeselle ist die Geschichte eines liebenswerten jungen Mannes, dem Neugierde, Keckheit und Wagemut zum Guten ausschlagen, so dass er die Prinzessin gewinnt. Durch seinen übergroßen Vorwitz verliert er sie, aber er steht dafür ein und erweist sich als würdiger Schwiegersohn und Gemahl.

Sonne und Mond ist eine Ehe- und Eifersuchtsgeschichte, die glücklich endet, weil die Frau aus Liebe nachgibt, und sie ist deutlich islamisch geprägt. In der Regel wird auf den Koranvers Sure 33, 59 verwiesen, um das Verschleierungsgebot zu begründen: »Prophet! Sag deinen Gattinnen und Töchtern und den Frauen der Gläubigen, sie sollen, wenn sie ausgehen, sich etwas von ihrem Gewand über den Kopf herunterziehen. So ist es am ehesten gewährleistet, dass sie als ehrbare Frauen erkannt und daraufhin nicht belästigt werden. Gott aber ist barmherzig und bereit zu vergeben.« (nach der Übersetzung von Rudi Paret: Der Koran. Stuttgart 1979.) Der Schlusssatz der Erzählung lässt sich in einem verallgemeinernden Sinn verstehen als eine Empfehlung, ein Rat, eine Mahnung: Liebe braucht das Geheimnis, damit ihr Zauber nicht verloren geht.

Das Mädchen aus dem Meer und *Die Nixe vom Mansfelder See* erzählen von der Ehe ungleicher Paare: (Menschen) Mann und Wasserfrau gehen hier eine Verbindung ein, die in der Fachliteratur mit dem Terminus »Mahrtenehe« bezeichnet wird und meist tragisch endet. In den beiden Märchen begegnen die Ehepartner einander als Repräsentanten entgegengesetzter Welten; in ihrem Konflikt spiegelt sich die Auseinandersetzung zwischen Christentum und Naturreligion. In *Das Mädchen aus dem Meer* gewinnt der Mann seine Frau durch Rat und Hilfe der weisen Gieddagäts-galgjo zurück. Sie ist eine Märchengestalt, die nach der Ansicht J. C. Poestions Züge der alten lappländischen Fruchtbarkeitsgöttin Sarraka trägt; ihr Eingreifen bewirkt die Versöhnung des Paares und die Aussöhnung mit der Familie der Frau.

Das Märchen *Die drei Schlangenblätter* wurde erstmalig in der zweiten Auflage der Kinder- und Hausmärchen der Brüder Grimm von 1819 veröffentlicht. Es enthält eine Reihe von Motiven, die aus antiken Quellen bekannt sind, so zum Beispiel die Erweckung eines Toten zum Leben durch ein wunderkräftiges Schlangenkraut, wie sie die griechische Sage von dem Seher Polyeidos und Glaukos, dem Sohn des Minos, erzählt. Das Märchen stellt einem bedingungslos liebenden Mann eine Frau gegenüber, die ihre Liebe an eine Bedingung knüpft. Er bleibt ihr in treuer Liebe zugetan, sie wird ihm untreu, ja, sie schreckt nicht einmal vor dem Mord an ihrem Ehemann zurück. Deshalb wird sie von ihrem Vater dem Tod preisgegeben, indem er sie in ein löcheriges Schiff setzen und ins Meer treiben lässt: Das ist die altgermanische Strafe für einen Verwandtenmörder (siehe den Hinweis in den Anmerkungen zu diesem Märchen bei Johannes Bolte und Georg Polívka); auf diese Weise siegt am Ende zwar nicht die Liebe, aber wenigstens die Gerechtigkeit... Der Titel des Märchens könnte auch lauten *Wie eine Frau Liebe belohnt*, so die Überschrift der fünften Erzählung von einer ebenso »undankbaren« Frau im vierten Buch des »Pañcatantra«, der berühmten Sammlung altindischer Fabeln, Märchen und Erzählungen, deren früheste Version – die genaue Entstehungszeit ist unsicher – bereits vor 250 n. Chr. entstanden sein soll.

Von dem Königssohn, der noch zu jung zum Heiraten sein sollte ist eine der vielen Varianten des bekannten Grimmschen

Märchens *König Drosselbart* (KHM 52). Der Königssohn fühlt sich durch die Zurückweisung seines Antrags in seinem Stolz so gekränkt, dass er alles daransetzt, die Königstochter zu demütigen. Frei von jedem Standesdünkel folgt sie ihm, dem Koch, aus Liebe in ein schwieriges und armseliges Leben, doch ungerührt davon setzt er seine Rache ins Werk, bis sie physisch und psychisch gebrochen ist. Das Märchen erzählt die Geschichte der Erziehung einer Frau und ihrer Unterwerfung als Voraussetzung für eine glückliche Beziehung. Es bestätigt den Mann in der Rolle des unumschränkten Herrschers über die Frau und weist ihr die Rolle der Dienerin und Dulderin zu.

Wen die Verliebtheit packt, wen die Liebe überwältigt, vergisst Gesetz und Moral. Die Märchen des letzten Teils erzählen von ersehnten und gelebten ungewöhnlichen oder verbotenen Liebesbeziehungen und von gelungener und missglückter Verführung:

In *Die Tochter des Königs von Spanien* stellt der Inzestwunsch des Vaters das Eingangsmotiv dar, durch welches die Märchenhandlung in Gang gesetzt wird. Das Mädchen kann seine Notlage nicht anders lösen als durch Flucht; sie geht in die Fremde und findet dort ihr Glück. Die meisten Märchen dieses Typs nehmen das Inzestmotiv am Schluss nicht wieder auf: Entweder wird der Vater gar nicht mehr erwähnt wie in *Allerleirauh* (KHM 65), oder er wird zur Hochzeit eingeladen, wie hier der König von Spanien, und feiert fröhlich mit, ohne dass auf sein früheres verwerfliches Begehren angespielt wird.

Die verliebte Stiefmutter schildert die verbotene Liebe einer jungen Frau zu ihrem Stiefsohn, die keine Erwiderung findet und in Rachsucht umschlägt. Am Ende findet die

Stiefmutter zur Strafe den Tod, der Sohn hingegen sein verdientes Glück.

Von einem listigen Jüngling und seiner schönen jungen Stiefmutter behandelt das Thema der Liebe eines Stiefsohnes zu seiner Stiefmutter auf unernste, unterhaltsame Weise. Damit die Verführung der tugendhaften jungen Frau gelingt, hat Dschahiz zwei Hürden zu überwinden: seine Hässlichkeit und die Gebote von Moral und Recht. So macht er sich seine Stiefmutter durch die Vorspiegelung außergewöhnlichen Wissens geneigt und verbrämt seine unziemlichen Wünsche so geschickt, dass es sogar als ein gutes Werk erscheint, wenn die Stiefmutter sie erfüllt. Das Märchen ist ein Beispiel für List und Tücke der Männer, und als solches erzählt Schehrezâd es ganz ähnlich (wenn auch wesentlich unverblümter!) in *Die Geschichte von dem Diener, der vorgab, die Sprache der Vögel zu verstehen* während der fünfhundertundzweiundneunzigsten Nacht von tausendundein Nächten.

In *Von dem Bauern, der nicht zu lügen verstand* glückt die Verführung nur halb: Zwar schlachtet der Bauer den Hammel, doch sobald die strahlende Ministergattin ihm aus den Augen ist, kommt er zur Besinnung. Seine Wahrheitsliebe triumphiert am Ende über die verführerischen Einflüsterungen einer Frau, die von großer Schönheit, aber geringer Tugend ist und ihre Wirkung überschätzt.

Der Brahmane und sein ehebrecherisches Weib und *Der Zimmermann und sein treuloses Weib*: Wie schon die Titel verraten, erzählen beide Geschichten von Ehemännern und ihren untreuen Frauen, jedoch gelingt es nur dem ersten, seine Frau zu durchschauen und sie mit List zu überführen. Der zweite lässt sich von ihr täuschen und vertraut dem Augenschein;

das aber, so die Warnung des »Pančatantra«, dem die lehrhaften Geschichten entstammen, ist dumm und leichtsinnig: Es gilt, misstrauisch zu sein und zu prüfen, mit wem man es zu tun hat. Ein heute gewonnenes richtiges Urteil trifft vielleicht schon morgen nicht mehr zu; alles verändert sich, Beziehungen verändern sich; auch die Liebe ist wandelbar und kann sich in ihr Gegenteil verkehren.

Die drei genasführten Freier wie auch *Die Kaufmannsfrau Vāsinī oder Die Keuschheit* zeigen, dass schöne Frauen es mitunter schwer haben: Manche Männer können es nicht ertragen oder wollen es nicht verstehen, wenn sie zurückgewiesen werden; dann hilft nur eine List – nicht aus Bosheit, sondern aus Notwehr! –, um die aufdringlichen Bewerber in die Schranken zu weisen und zu vertreiben. Beide Frauen haben Erfolg mit ihrer List; die Kaufmannsfrau kann sich sogar doppelt freuen: Der aufdringliche Freier verlässt am Morgen belehrt das Haus und eine lästige Arbeit ist über Nacht getan (vergleiche *Die Frau und der Kadi* in: »Märchen von Treue und Freundschaft«, Königsfurt Verlag 2005).

Am Schluss ein Liedvers. Er führt uns aus der Wunsch- und Zauberwelt der Märchen in die Wirklichkeit zurück, in der die Liebe flüchtig, vergänglich, von kurzer Dauer ist, aber nicht unsere Erinnerung daran:

Gestern lieb ich, heute leid ich, morgen sterb ich:
Dennoch denk ich heut und morgen gern an gestern.
Gotthold Ephraim Lessing: *Lied aus dem Spanischen*

Zum allerletzten Schluss möchte ich den Mitarbeitern der »Enzyklopädie des Märchens« in Göttingen für die freundliche Unterstützung meiner Arbeit danken. In ihrem Archiv fand ich andernorts nicht erhältliche Literatur und Hinweise auf mehrere Märchen, die ich in diesen Band aufgenommen habe.

Ganz besonders herzlich danke ich Frau Dr. Uta Reuster-Jahn, Wiesbaden, und Frau Dr. Sigrid Schmidt, Hildesheim, für die von ihnen gesammelten Texte, die sie mir für diesen Band zur Verfügung stellten, und für ihre stete Bereitschaft zu Gespräch und ausführlicher Korrespondenz.

Hannelore Marzi

Quellenverzeichnis

Der goldene Hirsch
Wolf, Johann Wilhelm: *Deutsche Hausmärchen*. Göttingen
und Leipzig 1851.

La Zentrarola (Aschenbrödel)
Schneller, Christian: *Märchen und Sagen aus Wälschtirol*.
Innsbruck 1867.

Die kluge Haustochter
Volksmärchen aus dem Jeyporeland. Gesammelt und heraus-
gegeben von Rudolf Tauscher. Supplement-Serie zu *Fabula*,
Zeitschrift für Erzählforschung, Reihe A: Texte Band 2,
Berlin 1959.

Vom Grafen und seiner Schwester
Gonzenbach, Laura: *Sicilianische Märchen*. Leipzig 1870.

*Die Geschichte von den einhundert abgeschlagenen Köpfen und
dem einen Kopf und der Tochter des Sultans*
Légey, Françoise: *Contes & légendes populaires du Maroc*. Paris
1926. Aus dem Französischen übersetzt von Hannelore
Marzi.

Von dem Sommer- und Wintergarten
Brüder Grimm: *Kinder- und Hausmärchen*. Erster Band.
Berlin 1812.

La Rana (Die Fröschin)
Schneller, Christian: *Märchen und Sagen aus Wälschtirol*.
Innsbruck 1867.

Fanfinette und der Sohn des Königs
Massignon, Geneviève: *Folktales of France.* Chicago 1968.
Aus dem Englischen übersetzt und bearbeitet von Hannelore
Marzi.

Von dem klugen Mädchen
Gonzenbach, Laura: *Sicilianische Märchen.* Leipzig 1870.

Die heiratsscheue Prinzessin
Hahn, J. G. von: *Griechische und Albanesische Märchen.*
Zweiter Teil. München und Berlin21918. Von Hannelore
Marzi überarbeitet.

Das hochmütige Mädchen
Pröhle, Heinrich: *Kinder- und Volksmärchen.* Leipzig 1853.

Von dem Mädchen, das in eine Gans verwandelt wurde
Bartsch, Karl: *Schlesische Märchen und Sagen.* In: *Schlesische
Provinzialblätter.* Neue Folge. Band 4. Breslau 1865. Von
Hannelore Marzi bearbeitet und mit einem Titel versehen.

Der tote Geliebte
Wlislocki, Heinrich von: *Volksdichtungen der siebenbürgischen
und südungarischen Zigeuner.* Wien 1890.

Von dem Mädchen, das sich in ein Pferd verliebte
Märchen der Damara aus Namibia. 1997 auf Afrikaans aufgezeichnet und ins Deutsche übertragen von Sigrid Schmidt.
Erzählerin: Maria Gowases, 40 Jahre, Windhuk. Erstveröffentlichung.

»Das sind bloß Dinge von dieser Welt!«
Märchen der Damara aus Namibia. 1997 auf Afrikaans aufgezeichnet und ins Deutsche übertragen von Sigrid Schmidt.

Erzählerin: Maria Gowases, 40 Jahre, Windhuk. Erstveröffentlichung.

Von der jungen Frau, die alle Freier abwies
Märchen der Mwera aus Tansania. 1987 auf Mwera aufgezeichnet und ins Deutsche übertragen von Uta Reuster-Jahn. Erzähler: Herr Wilbati, ungefähr 80 Jahre alt, Nkonjera Jun, Nochingwea-Distrikt, Lindi-Region. Für diese (Erst)veröffentlichung bearbeitet.

Die Pavianfrau
Märchen der Mwera aus Tansania. 1987 auf Mwera aufgezeichnet und ins Deutsche übertragen von Uta Reuster-Jahn. Erzähler: Herr Ngweyo, ungefähr 50 Jahre alt, Nkonjera, Nochingwea-Distrikt, Lindi-Region. Für diese (Erst)veröffentlichung bearbeitet.

Der Müller und die Wölfin
Krauss, Friedrich S.: *Sagen und Märchen der Südslaven*. Band 2. Leipzig 1884. In: *Märchen und Mythen von Tieren*. Herausgegeben und kommentiert von Maria Christa Maennersdoerfer. Aachen 1994.

Die Frau auf dem Bild
Märchen und Sagen von den Miyako-Inseln. Herausgegeben und übersetzt von Rotraud Saeki. OAG (= Deutsche Gesellschaft für Natur- und Völkerkunde Ostasiens), Taschenbuch Nr. 76. Tokyo, Japan, 2000.
Titel im Original: *Esugata nyōbō*.

Yuki-onna oder Die Schneefrau
Alberti, Karl: *Japanische Märchen*. Straubing 1913. Von Hannelore Marzi bearbeitet.

Der Metzgergeselle
Wolf, Johann Wilhelm: *Deutsche Hausmärchen*. Göttingen und Leipzig 1851.

Sonne und Mond
Chimenti, Elisa: *Légendes marocaines*. Premier Volume. Paris 1959. Aus dem Französischen übersetzt von Hannelore Marzi.

Das Mädchen aus dem Meer
Poestion, J.C.: *Lappländische Märchen, Volkssagen, Räthsel und Sprichwörter*. Nach lappländischen, norwegischen und schwedischen Quellen. Wien 1886.

Die Nixe im Mansfelder See
Sommer, Emil: *Sagen, Märchen und Gebräuche aus Sachsen und Thüringen*. Halle 1846.

Die drei Schlangenblätter
Brüder Grimm: *Kinder- und Hausmärchen*. Berlin 1819.

Von dem Königssohn, der noch zu jung zum Heiraten sein sollte
Jahn, Ulrich: *Volksmärchen aus Pommern und Rügen*. Erster Teil. Norden und Leipzig 1891.

Die Tochter des Königs von Spanien
Luzel, F. M.: *Contes Populaires de Basse Bretagne*. Tome 3. Paris 1887. Aus dem Französischen übersetzt von Hannelore Marzi.

Die verliebte Stiefmutter
Wlislocki, Heinrich von: *Märchen und Sagen der transsilvanischen Zigeuner*. Berlin 1886.

Von einem listigen Jüngling und seiner schönen jungen Stiefmutter
Hammer-Purgstall, Joseph Freiherr von: *Rosenöl*. Zweytes Fläschchen oder Sagen und Kunden des Morgenlandes aus arabischen, persischen und türkischen Quellen gesammelt. Zweytes Bändchen. Stuttgart und Tübingen 1813. Von Hannelore Marzi bearbeitet und mit einem Titel versehen.

Von dem Bauern, der nicht zu lügen verstand
Gonzenbach, Laura: *Sicilianische Märchen*. Leipzig 1870. Titel im Original: *Bauer Wahrhaft*.

Der Brahmane und sein ehebrecherisches Weib
Benfey, Theodor: *Pantschatantra*. Aus dem Sanskrit übersetzt mit Einleitung und Anmerkungen. Zweiter Teil. Heidelberg 1966 (Nachdruck der Ausgabe Leipzig 1859).

Der Zimmermann und sein treuloses Weib
Benfey, Theodor: *Pantschatantra*. Aus dem Sanskrit übersetzt mit Einleitung und Anmerkungen. Zweiter Teil. Heidelberg 1966 (Nachdruck der Ausgabe Leipzig 1859).

Die drei genasführten Freier
Löwis of Menar, August von: *Finnische und estnische Märchen*. Jena 1922.

Die Kaufmannsfrau Vāsinī oder Die Keuschheit
KATHĀRATNĀKARA Das Märchenmeer. Eine Sammlung indischer Erzählungen von Hēmavijaya. Deutsch von Johannes Hertel. Band II. München 1920.

Verwendete Literatur in Auswahl

Apel, Friedmar, und Miller, Norbert (Hrsg.): *Das Kabinett der Feen*. Französische Märchen des 17. und 18.Jahrhunderts. München 1984.

Calvino, Italo: *Fiabe italiane*. 2 Vol., Torino 1956.

Calvino, Italo: *Italienische Märchen*. Zürich 1975.

Hearn, Lafcadio: *Das Japanbuch*. Eine Auswahl aus den Werken. Frankfurt am Main 1923.

Heller, Erdmute, und Mosbahi, Hassouna: *Hinter den Schleiern des Islam*. Erotik und Sexualität in der arabischen Kultur. München 1993.

Horn, Katalin: *Das Kleid als Ausdruck der Persönlichkeit*: Ein Beitrag zum Identitätsproblem im Märchen. In: Fabula 19/1977, S. 75–104.

Janning, Jürgen, und Gobyn, Luc (Hrsg.): *Liebe und Eros im Märchen*. Veröffentlichungen der Europäischen Märchengesellschaft Band 11. Kassel 1988.

Lüthi, Max: *Das europäische Volksmärchen*. Bern [4]1974.

Lüthi, Max: *Das Volksmärchen als Dichtung*. Ästhetik und Anthropologie. Göttingen [2]1990.

Maennersdoerfer, Maria Christa (Hrsg.): *Märchen und Mythen von Tieren*. Aachen 1994.

Matt, Peter von: *Liebesverrat.* Die Treulosen in der Literatur. München Wien 1989 (Siehe besonders Kapitel XVII: *Die verratene Wasserfrau*).

Museum Rietberg Zürich: *Liebeskunst.* Liebeslust und Liebesleid in der Weltkunst. Zürich 2002.

Reuster-Jahn, Uta: *Die Partnersuche von Frauen und Männern in Erzählungen der Mwera in Südost-Tansania.* Manuskript des Vortrags, der am 28.07.1998 auf dem 12. Kongress der *International Society for Folk Narrative Research* (ISFNR) in Göttingen gehalten wurde.

Rölleke, Heinz (Hrsg): *Kinder- und Hausmärchen der Brüder Grimm.* 3 Bde. Stuttgart 1980.

Rougemont, Denis de: *Die Liebe und das Abendland.* Zürich 1987.

Schindehütte, Albert: *Krauses Grimm'sche Märchen.* Marburg: Hitzeroth, 1991.

Schmidt, Sigrid: *Hänsel und Gretel in Afrika.* Märchentexte aus Namibia im internationalen Vergleich. *Afrika erzählt* Band 7. Köln 1999.

Schmidt, Sigrid: *Zaubermärchen in Afrika.* Erzählungen der Damara und Nama. *Afrika erzählt* Band 2. Köln 1994.

Sommer, Emil: *Sagen, Märchen und Gebräuche aus Sachsen und Thüringen.* Halle 1846.

Taube, Erika: *Das leopardenscheckige Pferd* und andere tuwinische Märchen aus der Mongolischen Volksrepublik. Berlin 1977.

Taube, Erika: *Tuwinische Volksmärchen*. Internationale Reihe – Volksmärchen. Berlin 1978.

Uther, Hans-Jörg: *Schönheit im Märchen*. Zur Ästhetik von Volkserzählungen. In: *Lares*. Rivista trimestrale di studi demo-etno-antropologici. Anno 52.

Forschungsbeiträge aus der Welt der Märchen

Veröffentlichungen der
Europäischen Märchengesellschaft (VEMG)

Band 17: **Witz, Humor und Komik im Volksmärchen.**
Kuhlmann, W./Röhrich, L. (Hg.). ISBN 978-3-89875-973-1.

Band 18: **Phantastische Welten.**
Le Blanc, Th./Solms, W. (Hg.). ISBN 978-3-89875-974-8.

Band 19: **Märchen und Schöpfung.**
Heindrichs, U./Heindrichs, H.-A. (Hg.). ISBN 978-3-89875-956-4.

Band 20: **Spiel, Tanz und Märchen.**
Möckel, M./Volkmann, H. (Hg.). ISBN 978-3-89875-957-1.

Band 21: **Das Märchen und die Künste.**
Heindrichs, U./Heindrichs, H.-A. (Hg.). ISBN 978-3-89875-975-5.

Band 22: **Märchen in Erziehung und Unterricht heute.**
Wardetzky, K./Zitzlsperger, H. (Hg.). ISBN 978-3-89875-976-2.

Band 23: **Zaubermärchen.**
Heindrichs, U./Heindrichs, H.-A. (Hg.). ISBN 978-3-89875-958-8.

Band 24: **Märchenkinder – Kindermärchen.**
Bücksteeg, Th./Dickerhoff, H. (Hg.). ISBN 978-3-89875-977-9.

Band 25: **Alter und Weisheit im Märchen.**
Heindrichs, U./Heindrichs, H.-A. (Hg.). ISBN 978-3-89875-978-6.

Band 26: **Als es noch Könige gab.**
Lox, H./Heindrichs, H.-A. (Hg.). ISBN 978-3-89875-979-3.

Band 27: **Mann und Frau im Märchen.**
Lox, H./Früh, S./Schultze, W. (Hg.). ISBN 978-3-89875-961-8.

Band 28: **Der Wunsch im Märchen/Heimat und Fremde im Märchen.**
Lox, H./Gobrecht, B./Bücksteeg, Th. (Hg.).
ISBN 978-3-89875-962-5.

Band 29: **Sprachmagie und Wortzauber/Traumhaus und Wolkenschloss.**
Lox, H./Jacobsen, I./Lutkat, S. (Hg.). ISBN 978-3-89875-130-8.

Band 30: **Homo faber/Verlorene Paradiese – gewonnene Königreiche.**
Lox, H./Volkmann, H./Bücksteeg, Th. (Hg.).
ISBN 978-3-89875-980-9.

Band 31: **Stimme des Nordens in Märchen und Mythen/Märchen und Seele.**
Lox, H./Schmidt, W./Bücksteeg, Th. (Hg.).
ISBN 978-3-89875-982-3.

Band 32: **Dunkle Mächte im Märchen und was sie bannt/Recht und Gerechtigkeit im Märchen.**
Lox, H./Lutkat, S./Kluge, D. (Hg.). ISBN 978-3-89875-984-7.

Band 33: **Der Vater in Märchen, Mythos und Moderne/Burg und Schloss, Tor und Turm im Märchen.**
Lox, H./Lutkat, S./Schmidt, W. (Hg.). ISBN 978-3-89875-986-1.

Band 34: **Märchenhaftes Irland/Vom glücklichen Ende.**
Jacobsen, I./Lox, H./Lutkat, S. (Hg.). ISBN 978-3-89875-989-2.

Weitere schöne Märchensammlungen,

herausgegeben und kommentiert
von Hannelore Marzi

Frauenmärchen aus dem Orient
ISBN 978-3-89875-184-1

Märchen von Geld und Gold
(herausgegeben zusammen mit Günther Westenberger)
ISBN 987-3-86826-015-1

Märchen vom Glück
ISBN 987-3-86826-004-5